Entanglement 04

우리 사이에 금지된 말들

예소연 전지영 한정현

차례

전지영	나쁜 가슴	007
한정현	가짜 여자친구	043
예소연	나의 체험학습	075

얽힘 코멘터리 121

기획의 말 147

Entanglement

나쁜 가슴

전지영

○ ○ ○

　　　　　　　　K산후조리원 원장 김태선이 정주못에서 시신으로 발견된 건 사흘 전 새벽 5시경이었다. 그녀의 시신을 처음 발견한 사람은 정주못 맞은편 스타벅스에서 신문을 읽던 육십 대 남자였다. 시신은 정주못 남동쪽 오리배 선착장을 둘러싼 수초 더미 사이에서 부유하는 중이었다. 사망 추정 시간은 이틀 전 새벽 5시경. 부검 결과, 그녀의 뱃속에서는 위장이 터질 만큼 많은 양의 미역이 발견되었다.

　김태선이 미역을 입에 물고 죽어 있을 때, 지유는 제 방과 안방, 거실을 오가며 소리를 지르는 중이었다.

　"지유 오늘 수영 다녀왔어?"

남편이 물었다.

"응."

"놀이 치료는?"

"다녀왔어."

"그런데 왜 지치질 않아?"

"글쎄."

"요즘 좀 이상하지?"

나는 잘 모르겠다고 답했다. 정말 몰랐으니까. 막 열 번째 생일이 지난 지유는 말보다는 음성으로 감정을 표현했다. 또래보다 언어 발달 속도가 느린 반면 덩치는 월등히 컸다. 키는 제 나이 평균보다 10센티미터 컸는데 몸무게는 20킬로그램이나 더 나갔다. '자폐 스펙트럼에는 매우 복잡한 원인이 존재합니다.' 담당 의사가 무심한 말투로 진단을 내렸다. 원인이 많다는 말은 원인을 모른다는 말과 다르지 않았다.

자폐 진단을 받은 후, 나는 가장 먼저 양가의 병력을 샅샅이 뒤졌다. 그 과정에서 가계도 내에 잠복해 있던 당뇨와 고혈압, 유방암, 위암 같은 치명적인 병력이 드러났다. 그러나 그런 종류의 병력은 내게 하나도 중요하지 않았다. 어디에서도 지유와 같은 사례를 찾을 수 없다는 점이 중요했다.

양육 방식의 문제인 걸까. 아이가 울음을 그칠 때까지 유모차에 앉혀두거나 텔레비전을 보여주면서 밥을 먹여서? 내가 그런 생각을 할 때마다 남편은 똑같은 말을 기계처럼 반복했다. '이건 누구의 잘못이 아니야. 그냥 운명이지.' 수입차 딜러인 그는 감정 없이 웃으며 말하는 데에 숙달된 사람이었다. '둘러보고 연락 주십시오!' 그는 손님이 돌아오지 않을 줄 알면서도 홀로 기합을 넣었다. 올 손님은 온다. 그의 믿음은 확고했다. 그 운명론은 내게 별다른 위로가 되지 않았다. 나는 지유의 문제를 정면으로 마주하지 않는 그를 비겁하다고 여겼다.

어쩌면 그날 와인을 마셨기 때문일까.

임신 막바지에 이르렀을 때, 나는 시립 극장에서 「잘 자요, 엄마」라는 공연을 올리는 중이었다. 두 시간 뒤에 권총으로 자살하겠다는 딸과 그런 딸을 끝내 막지 못하는 엄마에 관한 연극이었다. 실제 모녀지간인 배우가 엄마와 딸 역할을 맡았다. 두 사람은 사이가 좋은 날이 별로 없었다. 매일 침을 튀기며 서로에 대한 험담을 늘어놓았다. 딸은 엄마를 나르시시스트라고 비난했고, 엄마는 딸을 한참 모자란 삼류 배우라고 깎아내렸다. 엄마 역의 노배우는 공연 전 대기실에서 와인을 자주 마셨다. 그녀는 매일 내 부른 배를 쓰다듬으며 '너희 엄마, 와인 한 잔만 허락해줘, 응?' 하고 앙탈을 부렸다. 공연 마지막 날, 노배우는 술에 잔뜩 취해서 내가 술잔을 비우지 않으면 무대에 올라가지 않겠다고 고집을 피웠다. 나는 결국 그녀가 건네는 와인을 마시고 말았다.

지유는 밤새 소리를 지르며 벽 모서리에 몸을 찧었다. 남편과 나는 기진맥진한 채 거실 바닥에 드러누웠다. 그사이 동이 텄다. 텔레비전에서는 5시 지역 뉴스가 시작되었다.

김태선의 죽음은 두 꼭지에 걸쳐 비중 있게 다루어졌다. 김태선은 한때 수유의 달인이라 불리며 도심에 분점을 세 개나 낸 대형 산후조리원 원장이었다. 뉴스에서 그녀의 죽음은 지역 출산율 급감과 맞물려 설명되었다. 달인의 몰락. 경찰은 그녀가 파산 직전의 상태를 견디지 못하고 스스로 목숨을 끊었다고 밝혔다.

"저기, 지유 낳고 갔던 곳 아니야?"

남편이 눈을 무겁게 끔뻑거리며 손가락으로 화면을 가리켰다.

"응, 그런 것 같은데?"

나는 졸린 눈을 부릅뜨고 화면을 응시했다. 김태선의 죽음보다 그녀의 파산 소식이 내겐 더 충격적이었다. 십 년 전만 해도 임신부들 사이에선 K산후조리원에 입소하려고 임신을 확인하자마자 대기한다는 말이 돌았다. 이유는 오로지 김태선이었다. 완모를 꿈꾸는 지역 산모들의 우상!

뉴스에서 부검의는 그녀가 사십팔 시간가량 정주 못에 잠겨 있었다고 말했다. 실종신고도 없었다. 한마디로 꼬박 이틀간 아무도 그녀를 찾지 않은 것이다. 요란한 고독사였다.

○ ○ ○

김태선은 내게 실패가 무엇인지 처음 알려준 사람

이었다.

나는 그녀를 생생히 기억한다. 더 정확히는 내 가슴을 와락 움켜쥐던 그녀의 손을. 김태선의 손은 작고 주름이 많았다. 악력이 세서 살짝만 가슴을 쥐어도 절로 비명이 났다. 김태선은 내가 골반에 양손을 짚고 엉거주춤한 자세로 조리원 입구에 들어섰을 때부터 오로지 내 가슴만 쳐다보았다. 입소 안내서를 받아 든 나는 불어서 사과만 해진 양쪽 가슴이 신경 쓰여 자꾸 어깨를 움츠렸다.

"엄마! 어깨를 당당히 펴야지."

김태선이 내 등을 손바닥으로 때렸다. 나는 얼떨떨한 표정으로 그녀를 올려다보았다. 그녀는 온몸에 생기가 넘쳤다. 열네 시간 진통을 겪느라 반쯤 넋이 나간 나와 달랐다. 그녀의 의기양양함에 나는 기가 한풀 꺾였다.

K산후조리원에서는 모든 산모가 '엄마'로 불렸다. 산모들은 품이 넉넉한 분홍색 원피스를 입고 느릿느릿 복도를 걷다가 김태선이 '엄마!'라고 부르면 일제히 고개를 들었다. 그녀의 입에서 나오는 엄마라는 단

어는 산모들의 기분을 묘하게 우울하게 만들었다. 우리 중 누구도 제 이름이 아닌, 엄마로 통칭될 마음의 준비가 되어 있지 않았으니까. 아니, 애초에 마음의 준비 따윈 소용없는 일인지도 몰랐다. 나 역시 다르지 않았다. 입소한 지 사흘째, 나는 김태선이 등 뒤에서 '엄마!'라고 부르자마자 걸음을 멈추었다. 김태선이 천연덕스럽게 다가와 어깨를 툭 건드렸다.

"엄마, 엄마, 왜 그래?"

김태선이 말간 얼굴을 하고 내게 물었다. 나도 모르게 주먹을 쥔 손에 힘이 들어갔다. 돌아보면 소금 기둥으로 변할 것처럼 꼿꼿이 버텼다.

"저기요, 제 이름은 김유진이에요."

"응? 나도 알지, 엄마."

김태선이 피식 웃으며 홀연히 수유실 문안으로 사라졌다.

입소하는 날, 나는 다른 두 명의 산모와 함께 원장실에서 김태선의 수유 강의를 들을 예정이었다. 신생아 담당 직원의 말투는 김태선과 닮아 있었다. 털털한 듯 고압적이고, 친절한 듯 무관심했다. '어디에서도 들을 수 없는 강의야. 아기 건강하고 똑똑하게 키우고 싶잖아? 그렇지?'

우리 셋은 긴 사무용 테이블에 나란히 앉았다. 분홍색 산모복에서는 싸구려 표백제 냄새가 났다. 우리는 곁눈질로 서로의 용모를 살폈다. 누가 봐도 셋 다 초산모였다. 양말을 신지 않고 손목 보호대도 차지 않았으며 모자는커녕 목에 가제 수건도 두르지 않았다. 저러다 온몸에 바람 들지. 경산모가 있었다면 우리의 옷차림을 보고 분명 훈수를 두었을 터였다. 이곳에서는 너 나 할 것 없이 훈수 두기를 주저하지 않았다. 그건 내게 엄마라는 호칭만큼 받아들이기 힘든 일이었다.

의자에 앉아서 벽에 붙은 사진들을 하나씩 살폈다. 모두 김태선의 방송 출연 사진이었다. 김태선은 어떤 가슴이든 모유 수유를 가능하게 하는, 이른바 '수유의 달인'으로 공중파 프로그램에 출연한 적이 있었다.

간호복을 입은 김태선이 방 안으로 들어왔다. 그녀는 가슴을 잔뜩 부풀린 새처럼 당당했다. 그녀의 당당함은 오랫동안 같은 일을 해온 자부심에서 비롯된 듯

했다. 그녀를 본 순간 내 마음속 방어벽은 금세 무너졌다. 김태선은 육아에 대해 지식이 전무한 내가 불안을 위탁할 유일한 현자 같았다.

"엄마들!"

달인 김태선의 날카로운 목소리에 우리는 일제히 고개를 들었다.

"모유 수유의 세 가지 원칙, 뭘까요?"

김태선은 산모에게 반말과 높임말을 섞어 썼다. 그런 방식은 그녀의 말에 교묘하게 권위를 실었다.

"몰라?"

김태선이 단발머리 산모를 향해 눈을 치켜떴다. 산모가 민망한 듯 미소를 지었다. 김태선이 이번에는 내 얼굴을 쳐다보았다. 당연히 알 리 없었다.

성실, 절제, 인내.

김태선이 화이트보드에 세 단어를 또박또박 썼다. 그녀가 제가 쓴 글씨를 뿌듯하게 바라보는데, 당황한 나머지 헛기침이 났다. 단발머리 산모가 가제 수건을 건넸다. 수건에서 분유 토 냄새가 났다.

아직도 인내하고 절제할 일이 더 남아 있다니…….

김태선의 글씨를 보며 나는 곧 닥칠 절망스러운 미래를 희미하게 감지했다. 지난 38주 동안 나는 숱한 인내와 절제를 실천했다. 맥주 대신 누린내 나는 흑염소즙을 먹었다. 커피는 하루 한 잔으로 줄였다. 담배도 입에 물지 않았다. 임신하지 않았더라면 절대 하지 않을 일이었다. 사람들은 임신부의 당연한 자세라고 여기는 듯했다. 커피를 건네다가, 무심결에 욕설을 뱉다가 '아차! 미안, 미안'이라고 말을 삼갔다. 38주 동안 나는 한 번도 내 몸을 온전히 내 것으로 느낄 수 없었다. 내 몸은 단순히 아이와 세상을 이어주는 통로 같았고, 나는 전혀 행복하지 않았다.

우리는 더위에 지친 코끼리처럼 고개만 느리게 주억거렸다. 눈 밑에 기미가 낀 산모가 계속 왼쪽 가슴을 만지작거렸다. 김태선이 그녀의 왼쪽 가슴을 째려보았다.

"엄마! 몇 시에 수유했어?"

산모가 머뭇거렸다.

"9시였나……."

"애 굶겨 죽일 작정이야? 당장 애 젖부터 먹여요."

김태선의 벼락같은 목소리에 산모는 어리둥절한 표정으로 자리에서 일어났다.

"빨리, 빨리."

태선이 재촉했다. 산모는 부은 몸을 탁자와 의자에 이리저리 부딪혔다. 내가 태선을 슬쩍 쏘아보며 '죽긴 누가 죽어'라고 읊조렸다. 태선은 못 들은 척 고개를 돌렸다.

기미 낀 산모가 방을 나간 뒤 한 차례 침묵이 찾아왔다. 태선이 갑자기 우리에게 가슴팍의 단추를 풀어 보라고 했다. 내가 멈칫거리자 태선이 다가와 한 손으로 단추를 끌러서 옷섶을 양옆으로 젖혔다. 별안간 맨가슴이 드러났다. 나는 옷섶을 쥔 손을 부들부들 떨었다.

"여기서는 다 내놓고 다니는 거야."

태선이 냉정하게 말했다. 그러고는 맨손으로 우리의 가슴을 번갈아 주무르기 시작했다. 귀와 뺨이 차례로 벌겋게 달아올랐다. 이제껏 누구도 허락 없이 내 가슴을 만진 적은 없었다. 그러나 나는 싫다고 말하지도, 그녀의 손아귀를 뿌리치지도 못했다. 그저 잠자코 그녀에게 가슴을 내어줄 뿐이었다.

내가 김태선의 손을 뿌리치지 못한 건 그녀의 태연함 탓이었다. 출입국 사무소에서 여권을 제시하듯, 혈압을 재기 위해 팔뚝을 내밀듯, 산모의 가슴은 언제나 제공될 준비가 되어야 했다. 태선의 손에 잡힌 내 가슴도 그랬다. 더는 내 것이 아닌 일종의 공공재로 취급되었다. 가슴 내밀기를 거부하는 건 이곳의 상식으론 어림없었다. 그걸 알면서도 나는 여전히 손에 쥔 옷섶을 놓지 못했다.

내 가슴을 만지던 태선의 표정이 어두워졌다.

"이 엄마 쉽지 않겠는데?"

"네?"

"유선이 너무 적어."

그러더니 단발머리 산모의 가슴을 쥐고 단단히 일렀다.

"이런 가슴! 이렇게 단단한 가슴이 좋은 가슴이야!"

"제 가슴은요?"

"나쁜 가슴이지."

나쁜 가슴이라고? 내 가슴이 나쁘다고?

이제껏 나는 누구에게도 '나쁘다'라는 말을 들어보지 않았다. 반대로 착하다는 말을 들은 적도 없었다. 나는 누구든 착하면서 나쁠 수 있고, 나쁘면서 착할 수 있다고 믿었다. 그러나 김태선의 말에는 그런 여지가 없었다. 명백히 나쁜 상태! 그런 상태란 대체 무엇일까.

나는 고개를 숙여 한 번도 생각한 적 없는 관점으로 가슴을 살피기 시작했다. 아이에게 젖을 주기 적당한가, 적당하지 않은가. 오직 그 기준만 떠올리면서 손바닥으로 오른쪽 가슴 위를 이리저리 눌렀다. 물렁물렁하고 힘없는 지방 덩어리가 만져졌다. 유선이 적어서 그렇다고 김태선이 재차 말을 보탰다.

우리는 인내하고 절제하는 성실한 모유 수유가 건강하고 똑똑한 아이를 만드는 결정적 열쇠라는 강의를 한 시간쯤 들은 후에야 비로소 원장실을 나왔다.

"어젯밤에 자느라고 수유를 건너뛰었어요. 우리 아기 젖 안 물면 어떡하죠?"

'좋은 가슴'을 가진 여자가 한숨을 쉬며 걱정을 늘어놓았다. 젖이 새서 여자의 오른쪽 가슴 주위에 동그

랗게 번져 있었다. 내가 그곳을 손가락으로 가리켰다.

"거기……."

"아!"

여자는 고개를 숙여 젖이 번진 자국을 내려다보았다. 여자의 얼굴에 만족감이 피어올랐다. 여자는 나를 남겨두고, 빠른 걸음으로 수유실로 향했다. 여자의 뒷모습을 보는데 어쩐지 쓸쓸해졌다. 나는 고개를 숙여 내 양 가슴을 물끄러미 내려다보았다. 여전히 아무런 기척이 없었다. 처음으로 몸 일부가 쓸모없이 달려 있다는 생각이 들었다.

나는 인정할 수밖에 없었다. 엄마라는 세계에서의 첫 패배를. 그 순간만큼은 나쁜 가슴이 내 삶을 통틀어 가장 뼈아픈 약점이었다.

방에 돌아온 지 한 시간이 채 되지 않았을 때, 전화벨이 울렸다. 수유실과 연결된 방 전화였다.

"엄마, 아기 울어요! 밥 주세요!"

수화기 너머에서 곧 숨이 넘어갈 듯 아기가 울어젖혔다. 나는 슬리퍼를 대충 꿰어 신고 방문을 나섰다.

두 손으로 가슴을 주무르자 작은 멍울이 만져졌다. 손가락으로 멍울을 꾹 눌러보았다. 아파서 신음이 났다. 꾹 참고 가슴 이곳저곳을 눌렀다. 어떻게 해서든 젖을 먹여야 했다. 성실, 절제, 인내가 아이를 굶기지 않으리라. 나쁜 가슴이 좋은 가슴을 따라가려면 노력만이 답이다!

나는 결의를 다지고 아기를 품에 안았다. 그러나 아기는 좀처럼 젖을 물 생각이 없었다. 이목구비를 가슴에 파묻고 젖을 찾다가 이내 고개를 돌렸다. 나는 아기의 목과 몸을 움켜쥐고 억지로 젖에 가져다 댔다. 아기가 속싸개를 풀어 헤치면서 사지를 버둥댔다. 수유하던 산모들이 무어라 수군거리며 나를 곁눈질했다.

"애 숨 막혀!"

신생아 담당 직원이 아기를 빼앗아 제 품에 안았다. 그녀가 두세 번 어르자 아기는 금세 울음을 그쳤다. 직원이 아기의 입에 젖병을 물렸다. 나는 소파에 앉아서 그 광경을 무기력하게 지켜보는 수밖에 없었다. 이번에도 결국 실패였다. 직원의 품에 안긴 아기를 보며, 어쩌면 김태선의 말이 모두 사실일지 모른다는 생각이 들었다. 그녀가 안았던 아기들이 그 증거가 아닐까. 주물렀던 숱한 가슴도.

김태선의 말이 맞는다면, 내 아기는 어떻게 되는 걸까? 약하고 똑똑하지 못한 아이가 되는 걸까? 그런 아기에게도 괜찮은 미래가 있는 걸까. 자꾸만 극단적인 생각이 들었다. 방금 전만 해도 임신으로 포기한 것을 떠올렸는데, 이제는 미래에 포기해야 할 것만 떠올랐다.

방으로 돌아온 나는 기진맥진했다. 땀이 살과 엉겨붙어 진득거렸다. 열린 창문으로 후끈한 바람이 불어들었다. 바깥 풍경은 쇠창살 때문에 조각나 보였다. '산모들이 자꾸 뛰어내리려고 하니까 쇠창살을 설치했대요.' 산모들 사이에서 그런 소문이 돌았다. 나는 몸을 일으켜 창살을 붙들고 8차선 도로를 내려다보았다. 발을 바닥에 딛고 있다는 감각이 점점 둔해지더니 머리, 몸통, 팔다리가 차례대로 연기로 변했다. 연기에서 희미한 젖비린내가 났다. 비린내 나는 연기는 쇠창살 사이로 빠져나가 허공에 흩어졌.

"저기요, 저기요?"

누군가 방문을 두드렸다. 나는 마지막 남은 오른손

을 이용해 문을 열었다. 문 앞에서 산모 한 명이 나를 걱정스럽게 쳐다보았다. 분홍색 옷을 입고 머리를 산발한 여자. 그녀는 나와 닮았다. 그건 이상한 일이 아니었다. 이곳에선 모두가 모두를 닮았으니까.

"괜찮으세요?"

여자가 조심스럽게 물었다. 내가 천천히 고개를 끄덕였다. 여자의 목에 가로로 낀 때가 눈에 들어왔다. 여자는 중지 손톱을 세워 감지 않은 머리를 긁적였다. 울었는지 눈 주위가 퉁퉁 부어 있었다.

"저기, 제 몸이 보이세요?"

내가 여자에게 조심스럽게 물었다.

"네, 그럼요."

"가슴, 가슴은 잘 있나요?"

여자가 아리송한 표정으로 나를 쳐다보았다.

"걱정 마요. 그대로니까."

그녀는 내 손바닥을 펴서 제 엄지손톱으로 꾹꾹 눌렀다. 누른 자리가 따끔해서 움찔했다.

"거봐요. 괜찮죠?"

나는 두 눈을 천천히 감았다가 떴다. 그러고는 홀린

듯 그녀의 가슴을 쳐다보았다.

"그쪽은 혹시 좋은 가슴이세요?"

여자가 고개를 저었다. 나는 그녀의 손에 들린 작은 젖병을 봤다. 겨우 바닥이 보이지 않을 만큼 적은 양의 초유가 담겨 있었다.

"저도요. 나쁜 가슴."

그녀가 갑자기 웃음을 터뜨렸다. 나도 덩달아 웃음이 터졌다. 우리는 실성한 사람처럼 마주 보고 웃기 시작했다.

"나쁜 가슴이 뭐 어때서요?"

그녀의 말에 내가 동의한다는 듯 고개를 끄덕였다. 우리는 한참 동안 말없이 서로를 바라보고 서 있었다. 나는 그녀의 공허한 눈 속에서 슬픔과 절망, 무엇보다 단단하게 뭉친 분노를 발견했다. 내 마음이 그녀의 눈에 비친 것만 같았다.

그날 이후 나는 종종 쇠창살을 붙들고 창밖으로 소리를 질렀다. 그래야만 몸이 사라지는 감각을 잊을 수 있었다. 그때마다 그녀가 방문을 두드렸다. 나는 문 너머에서 괜찮다고 대답했다. 그러나 그녀가 돌아가고 나면 나는 괜찮지 않은 상태로 밤을 지새우곤 했다.

밤 수유 시간은 어김없이 다가왔다. 나는 또다시 아기와 긴 싸움을 했다. 아기는 내 가슴 위에 입술을 대고 젖을 찾다가 숨이 막혀 캑캑거렸다. 움직이는 아기는 쇠로 된 연장보다 무거웠다. 아기 머리를 받친 손목은 저리다 못해 감각이 없어진 지 오래였다. 산모복의 등과 겨드랑이가 땀에 흠뻑 젖어 축축했다.

신생아 담당 직원이 내게 다가와 아기를 뺏어 갔다.

"엄마, 얘 분유 먹일게요"

"네?"

"황달기가 있어. 굶어서 그래."

"분유 자꾸 먹이면, 모유 안 먹는다면서요."

"정상적인 경우나 그렇지. 아기 얼굴 누렇게 뜬 거 안 보여요?"

"조금만 더 해볼게요. 이리 주세요."

"억지 쓰지 말아요."

직원은 매몰차게 아기를 데리고 등을 돌렸다. 그녀는 수유실 중앙에 놓인 기저귀 교환대에 아이를 뉘고,

'배고프지, 불쌍해라'라고 혀를 차며, 미리 타놓은 분유를 아기 입에 물렸다.

그 모습을 본 나는 몸을 벌떡 일으켰다. 불쌍하다고? 그깟 모유 때문에? 옆에 앉은 산모가 나를 보고 놀라서 아기를 자기 품으로 바싹 끌어안았다.

나는 천천히 직원에게 다가갔다. 그녀의 어깨를 잡아 몸을 돌려세우고, 유니폼 가슴팍에 붙은 단추를 신경질적으로 풀어젖혔다. 순식간에 주름지고 처진 그녀의 가슴이 드러났다. 나는 망설임 없이 그녀의 가슴을 손으로 움켜쥐었다. 직원이 놀라서 뒤로 성큼 물러섰다.

"왜 이래요!"

직원이 소스라치며 유니폼 앞섶을 여몄다. 나는 아랑곳하지 않고 다른 쪽 가슴도 손으로 움켜쥐었다. 힘없는 지방 덩어리가 두 손 가득 만져졌다. 나는 있는 힘껏 손에 쥔 가슴을 비틀었다. 직원이 비명을 질렀다.

김태선이 황급히 수유실로 들어왔다. 그녀는 나를 직원에게서 떼어냈다. 나는 끝까지 직원의 가슴을 놓지 않으려고 버둥거렸다. 직원은 '미친년, 미친년'이라고 소리를 지르며 울음을 터뜨렸다.

정신을 차렸을 때, 나는 원장실 소파에 앉아 있었다. 김태선이 나를 지그시 쳐다보았다. 다 이해한다는 듯. 나는 그녀의 표정에 또다시 분노가 치밀었다. 그래, 내가 잡아야 할 가슴은 직원의 것이 아니라 김태선의 것인데. 내 가슴을 함부로 주무른 저 여자의 것인데. 나는 곧장 김태선의 가슴을 틀어쥐고 싶다는 충동에 사로잡혔다.

"스트레스가 많죠?"

김태선이 부드럽게 말을 건넸다. 이제까지와는 사뭇 다른 말투였다.

"사람들은 애를 낳으면 사랑이 막 샘솟는 줄 알아. 그게 아닌데 말이지."

그녀는 봉지에 든 마른미역 조각을 입에 집어넣었다. 나는 여전히 화가 난 상태로 산모복 치마를 양손에 꼭 움켜쥐고 입술을 앙다물면서 버텼다. 김태선은 내게 작은 비닐봉지 하나를 건넸다.

"이거 써봐요. 유두에 딱 붙이고 애 입에 물려봐."

봉지 안에는 유두 모양의 실리콘 보형물이 들어 있었다.

"쇠창살 봤죠? 조리원에 들어오면 적응 못 하는 사람이 더 많아. 그렇다고 김유진 씨처럼 사람을 해치지는 않아."

"내 이름을 기억해요?"

"그럼! 당연하지. 그런데 말이야, 앞으로는 이름보다 엄마라고 불리는 데에 익숙해져야 할 거야."

김태선이 입에 든 미역을 오물오물 씹었다. 그녀의 입에서는 맥주 냄새가 옅게 풍겼다.

"이건 비밀인데, 사실 난 초유만 겨우 먹였어."

김태선이 한쪽 눈을 찡긋했다.

"우리 애가 자주 아파요. 사람들이 그러더라고. 엄마가 남의 자식 보느라 제 자식 내팽개쳐서 자주 아프다고."

김태선의 갑작스러운 고백에 나는 어떤 표정을 지어야 할지 몰랐다.

"애는 엄마의 희생을 먹고 자라. 암, 그렇고말고."

그녀는 죽기 전에도 그렇게 생각했을까. 아기의 모든 불행은 엄마 탓이라고. 정작 김태선이 죽어갈 때 아무도 그녀를 찾지 않았다. 그의 하나밖에 없는 아들마저도.

다음 날 새벽, 수유실 엄마들은 노골적으로 서로의 귀에 대고 수군거렸다. '그 여자야. 가슴 쥐어뜯은 여자.' 나는 수유실에 맴도는 적대적인 공기를 모른 척하기 어려웠지만, 애써 태연하게 소파에 자리를 잡고 앉았다. 그리고 자포자기하는 심정으로 김태선에게 얻은 아이템, 유두 보호기를 한쪽 가슴에 가져다 댔다. 내게 가슴을 쥐어뜯긴 직원이 아기를 안고 나왔다. 그녀는 내 눈을 외면한 채 아기를 던지듯 건넸다.

아기는 보호기도 물지 않고, 울기만 했다. 나는 직원에게 순순히 아기를 넘겨주었다. 전의를 완전히 상실한 채. 이제 아기를 위해서 아무것도 하고 싶지 않아졌다. 산모들이 나를 힐끔거렸지만, 그 시선조차 아무런 자극을 주지 못했다. 그때 옆에 앉은 산모가 내 귀에 대고 속삭였다.

"할 수 있어요. 힘내요. 파이팅."

그건 세상에서 가장 끔찍한 위로였다.

○ ○ ○

 놀이 치료 시간은 언제나 더디게 흘렀다. 대기실 소파에 앉은 보호자들은 표정이 없었다. 그들은 휴대전화나 책을 보는 대신 흰 벽에 시선을 둔 채 눈 뜨고 잠든 표정을 지었다. 때론 치료 센터에 대한 정보를 교류하지만, 그건 잠시였다. 대부분은 넋을 놓고 멍하니 벽을 보았다. 그들을 보면 묘하게 위로가 되었다. '왜 하필 지유인가'라는 질문에서 벗어났다. 센터에는 같은 질문에 시달리는 사람만 모이니까. 남의 불행으로 위로를 얻어야만 살아갈 수 있는 사람들. 그렇다고 누가 우리를 비난할 수 있을까.

 지유가 들어간 지 삼십 분이 채 되지 않아 상담사가 나를 불렀다. 그녀는 내게 방으로 잠시 들어오라고 말했다.

 "혹시 아세요?"

 "네?"

 "지유가 생리하는 거요."

 "네? 걘 겨우 열 살이에요."

"요즘 빨라요. 게다가 지유가 또래보다 신체가 성숙하잖아요."

치료사가 지유의 가슴을 슬쩍 훔쳐보며, 생리대를 내게 건넸다.

"제가 도와주려고 했는데, 지유가 저를 물더라고요."

치료사가 팔을 내밀었다. 선명한 잇자국이 난 살이 붉게 부어 있었다.

"정말 죄송해요."

자책감이 들었다. 대체 왜 이토록 중요한 일은 대비하지 못했을까. 지유는 이미 가슴이 커졌고 키도 나와 비슷했다. 두뇌 발달이 늦는다고 신체 발달도 느린 건 아니다. 치료사는 지유를 내게 데려다주고 방을 나갔다. 지유는 포갠 두 손으로 빠르게 아랫배를 두들기며 불안한 듯 이리저리 고개를 돌리고 알 수 없는 소리를 냈다.

"불편하지?"

지유가 고개를 끄덕였다. 나는 지유의 바지와 팬티를 동시에 내렸다. 팬티에 검붉은 피가 군데군데 묻어 있었다. 지유가 몸을 비비 꼬았다.

"이거 해야 해."

생리대를 지유의 눈앞에 들이밀었다. 지유는 자꾸만 바지를 손으로 잡아 올렸다. 쭈그린 내 몸이 지유의 힘에 밀려 뒤로 휘청거렸다.

"너 스스로 하는 거야."

나는 지유에게 생리대를 펴서 속옷에 붙이는 방법을 직접 시연했다. 그러나 지유는 나를 쳐다보지 않았다. 그 대신 도리질하며 몸을 좌우로 심하게 비틀었다. 나는 지유의 팬티에 묻은 핏자국을 가리켰다.

"이거 보이지. 피야 피. 이걸 하지 않으면 밖으로 피가 다 샌단다."

지유는 내 말은 듣지 않고 팬티를 끌어 올렸다. 나는 지유가 팬티를 입지 못하도록 지유의 손을 꽉 붙잡았다. 내가 팬티를 놓지 않자, 지유가 내 머리카락을 쥐고 잡아당겼다.

"이거 놔!"

머리카락이 한 움큼 뽑혔다. 지유는 뽑힌 머리카락을 쥐고 손을 오므렸다 폈다 하다가 반대쪽 손으로 머리카락을 더욱 세게 움켜쥐었다. 나는 지유에게서 손을 떼고 물러났다.

"미안해. 만지지 않을게."

그때 지유의 손이 내 뺨으로 날아왔다. 눈앞에 섬광이 번쩍였다. 쉴 틈 없이 다른 쪽 뺨에도 손이 날아왔다. 힘이 세서 반동으로 몸이 바닥에 나동그라졌다. 지유는 넘어진 내 목덜미를 물었다. 견디지 못해 아이의 뺨을 양손에 움켜쥐었다. 벌겋게 핏발이 선 지유와 나는 서로 노려보았다.

상담사가 문을 두드렸다. 무슨 일이냐고 물었다. 괜찮다고 대답했지만 괜찮을 리 없었다. 해야 할 일을 생각하려고 애써도 아무 생각이 나지 않았다. 상담사가 바닥에 넘어진 나를 발견하고는 급히 일으켜 세웠다.

"제가 할게요."

그녀는 펼쳐진 채 바닥에 널브러져 있는 생리대를 주웠다. 그사이 지유는 이미 바지를 입고, 두 손으로 번갈아 제 이마를 때리는 중이었다. 엉덩이 주변에 붉은 핏자국은 점점 번져갔다. 이마에도 손자국이 생겼다. 그건 꼭 가슴 주위에 번진 젖 자국 같았다.

"이게 다 제 탓일까요?"

"네?"

"제가 젖을 물리지 못해서요."

"무슨 말씀인지……."

"제가요, 나쁜 가슴이었어요."

상담사가 아리송한 표정을 지으며 물이 담긴 종이컵을 건넸다.

"이건 누구의 잘못도 아니에요."

억지로 울음을 삼키는 나의 등을 치료사가 토닥였다.

집으로 돌아오는 길은 평소보다 고됐다. 밤잠을 설친 데다가 한바탕 난리를 치른 통에 손가락 까딱할 기운도 없었다. 뒷좌석에 앉은 지유도 고개를 한쪽으로 기울인 채 코를 골며 잠들어 있었다. 목과 턱살이 겹친 사이로 침이 고여 흘러들었다. 나는 지유의 고개를 바로 세워주려고 손을 뻗었다. 그곳은 정주못 사거리였다.

핸들을 급히 꺾어서 정주못 둘레길로 진입했다. 한

낮의 정주못에는 사람이 아무도 없었다. 불과 며칠 전 이곳에서 누군가 죽었다는 사실은 흔적조차 없었다. 멀리 K산후조리원 빌딩이 보였다. 나는 김태선이 빌딩에서 여기까지 걸어오는 모습을 상상했다.

갓길에 차를 세우고 창문을 열었다. 나무와 흙길이 뜨거운 열기에 이글이글 타올랐다. 지유는 한밤중처럼 자는 중이었다. 나는 뒷좌석으로 고개를 돌려 지유의 잠든 모습을 가만히 지켜보았다. 나와 지유는 콧날과 턱선, 한쪽밖에 없는 쌍꺼풀이 닮았다. 둘 다 텔레비전 광고를 즐겨본다. 좋아하는 배우가 나오면 정지 화면으로 한참 지켜본다. 귀에 꽂히는 광고 음악 한 소절을 반복해서 중얼거리길 좋아한다. 우리는 그런 면에서 쏙 닮았다. 그러나 나는 지유를 이해하는 데에 늘 실패했다. 지유의 음성언어를, 반복적인 손짓을, 타해를, 자해를 이해하지 못했다. 지유라는 미궁에 갇혀 매일 출구를 찾으려 애썼다. 그러나 단 한 번도 성공하지 못했다.

정주못에 마지막으로 들른 날은 지유가 자폐 진단

을 받은 다음 날이었다. 밤새 잠을 자지 않고 칭얼거리는 지유를 데리고 정주못에 빠져 죽으려고 했다. 나는 이 아이를 사랑하지 않았다. 젖을 물지 않던 순간부터 쭉 사랑할 수 없을 것 같았다. 엄마인 나조차 사랑하지 않는 아이를 대체 누가 사랑해줄까. 그렇게 생각하니 나도 지유도 살아갈 의미가 없었다.

오늘이 우리의 마지막 날이라면, 아이를 놀이터에 데려가고 싶었다. 다른 아이들에게 해코지할까봐, 아니 다른 사람의 시선에 상처받기 싫어서 놀이터에 한 번도 데려가지 않았다. 그게 못내 후회되었다. 지유를 데리고 정주못 근처 놀이터로 향했다. 매번 눈으로만 보고 지나쳤던 곳이었다. 잡초가 우거진 공터에는 녹슨 시소와 정글짐만 우두커니 자리를 지켰다. 지유는 차에서 내리자마자 정글짐을 향해 뛰어갔다. 그러고는 거침없이 기어오르기 시작했다. 얼마나 빠른지 눈 깜짝할 사이 꼭대기에 도착했다. 지유도 잘하는 게 있구나, 생각하며 나는 열심히 정글짐에 올랐다. 지유는 여유롭게 다리를 앞뒤로 흔들며 나를 기다렸다.

"엄마 무서워."

중간쯤 도착했을 때, 고개를 들어 지유를 불렀다. 지유가 나를 내려다보았다. 평소 같으면 들은 척하지 않았을 텐데 그날은 어쩐지 내 얼굴을 골똘히 살폈다.

"좀 도와줘."

나는 지유를 향해 손을 뻗었다. 지유는 나를 낯선 사람처럼 물끄러미 쳐다보다가 아래 칸으로 폴짝 발을 내디뎠다. 그러고는 나보다 한 칸 아래에서 내 엉덩이를 밀어 올려주었다. 우리는 한참 만에 정글짐 꼭대기에 올라갔다. 꼭대기에 걸터앉아 다리를 흔들며 정주못을 바라보았다.

"다음에는 오리배 타볼까?"

내 물음에 지유는 대답 대신 같은 음성을 반복하며 발을 더욱 세차게 흔들었다.

"좋다는 거지?"

여전히 대답은 돌아오지 않았다. 그런데도 불구하고 마음은 고요했다. 그저 정글짐에 올랐을 뿐인데 살아갈 이유를 찾은 것 같았다.

한낮의 정주못에는 사람이 없었다. 오리배는 선착장 입구에 일렬로 묶인 채 물결에 따라 이리저리 움직였다. 우리는 한참 동안 오리배를 구경했다. 정주못에서 바람이 불어오는 순간 내가 나지막이 말했다.

"오늘은 죽지 말자. 지유야."

그러나 우리는 다음 날도 죽지 않았다. 그다음 날과 그다음 날에도. 대신 오리배를 타고 정주못 주위를 돌았다. 나란히 앞을 보고 각자의 페달을 힘껏 밟았다.

○ ○ ○

네 몸에 손을 대면 누구든 밀거나 깨물어. 너는 말을 못 하니까 그렇게 해야 해. 누군가 네 몸을 함부로 대할 수 없도록. 나는 반복해서 지유에게 연습시켰다. 내가 팔을 붙들면 아이는 내 팔을 물게 했다. 가슴을 만지면 아이는 내 가슴을 뒤로 밀어젖히게 했다. 학창 시절, 나는 내 몸을 스스로 지킬 줄 몰랐다. 막대기로 가슴을 쿡쿡 찌르는 윤리 선생과 두 팔로 껴안는 체육 선생에게 불쾌한 기색을 비치지 못했다. 김태선에게도 마찬가지였다. 내 가슴을 함부로 만질 자격이 당신에겐 없다고 말하지 못했다. 지유는 발달이 느리니까 나보다 그런 상황에 자주 노출될 것이다. 그때마다 내가 지유의 옆을 지킬 수는 없는 노릇이었다. 결국 아이는 제 몸을 스스로 지켜야 했다.

그래서 나는 지유를 도와주지 않기로 했다.

화장실에 들어간 지유는 삼십 분째 생리대와 홀로 사투를 벌이는 중이었다. 내가 할 수 있는 건 문밖에서 불안을 견디는 일뿐이었다. 할 수 있어. 할 수 있어……. 그 끔찍한 주문을 되뇌는 게 가끔은 위로가 되기도 했다.

시간이 얼마나 흘렀을까. 화장실 문이 열리고 지유가 나타났다. 땀에 흠뻑 젖은 채, 손에 생리대를 꼭 쥐고 있었다. 지유는 결국 실패했다. 그래도 괜찮았다. 모든 일에는 생각보다 많은 연습이 필요하니까. 제 몸을 지키는 일도 마찬가지일 터이다. 그러나 나는 믿었다. 길고 지난한 연습만이 우리의 가슴과 이름을 지켜줄 거라고.

나는 땀에 젖은 지유를 꼭 껴안았다. 티셔츠와 바지, 팬티, 생리대가 피로 얼룩져 있었다.

"좀 씻자."

샤워기 물을 틀어 바닥에 묻은 핏자국을 쓸어냈다. 지유는 그사이 옷을 주섬주섬 벗기 시작했다. 샤워기를 손에 들고 멀리서 지유의 몸에 물을 뿜었다. 지유는 스스로 몸에 묻은 땀과 피, 비눗물을 문질렀다. 비누 거품이 그대로 남아 있는 걸 보면서도 나는 손대지 않았다. 그 대신 지유에게 수건을 건네고 샤워기 물을 잠갔다.

---

* 자폐스펙트럼 아동 양육 정보는 유튜브 채널 「지니스펙트럼」 및 「마준이네」를 참조하였습니다.

Entanglement

가짜 여자친구

한정현

안나 카레니나와 다이어트 비디오, 본드걸과 본드, 그리고 최루탄과 여자친구. 아니, 가짜와 짜가.

성은은 고모를 떠올리면 주로 이런 단어들이 떠올랐다가 사라지곤 했다. 전혀 어울리지 않는 그 단어들은 어쩐지 누군가가 '그럼 네 고모가 제일 잘하는 게 뭔데?' 하면 가장 먼저 떠오를 그런 것들이었다.

1. 안나 카레니나와 미제

아직 영화에 구미가 당길 나이가 아닌 아홉 살 무렵, 성은이 그 영화를 안 것은 순전히 고모 때문이었다. 고모와 그 영화에 대해 성은은 나름의 긴 역사를 가지고 있었다. 아직 일본 문화가 개방되기도 전 엑스재팬 노래를 주야장천 들을 정도로 위험에 대한 호기심이 가득했던 고모의 책장은 항상 온갖 책들로 가득했는데, 일단 그 정리하는 방식 또한 아주 대단했다. 출판사별로도 분류하고 선집별로도 분류해두는 건 기본이었고 같은 소설을 여러 판본으로 사서 분류해두기도 했다. 고모에 대한 할아버지와 할머니의 자부심은 대단해서, 고모가 대학에 들어갔을 때 할아버지가 고모에게 선물로 준 책장이었다. 지방 도시에서 서울대를 갔으니, 그것도 여자가, 막내딸이. 깊이감이 있는 고동색 책장엔 유리로 된 문이 달려 있었다. 성은은 그 책장을 볼 때마다 마치 책들이 책장 속에 갇혀 있는 것 같은 기분이었고 가끔은 책이 아닌 트로피 같다는 생각을 지울 수가 없었다. 실제로 책들은 가끔 밖으로 튀어나오고 싶어 해서 성은에게 말을 걸곤 했다. 고모가 책 정리의 달인이었다면 성은은 책 탈출의 달인이었다. 얘야, 나 좀 내보내줘. 그렇게 나오게 된 책 중 하나가 『후춧가루 총 호첸플로츠』였다. 메르헨

선집 중 하나였고 고모가 아끼는 책 중 하나였다. 고모 같은 똑똑한 사람이 좋아하니까 굉장히 어려울 줄 알았는데 성은도 읽을 수 있는 책이었다. 성은은 후춧가루 총을 만들고 싶기까지 했다. 하여간 그날 성은은 고모가 불같이 화를 낼 거라고 생각했지만 고모는 화를 내는 대신 갑자기 성은의 머리를 크게 쓰다듬었다. 이 책이 마음에 든 거야? 제법 똑똑한데? 성은은 고모가 자신을 왜 칭찬하는지 몰랐지만 아직 어린 아이에게 어른의 칭찬이란 달콤한 법이었다. 성은은 이후 고모의 눈에 들기 위해 아우성치는 책들을 하나씩 빼내주었다. 읽지는 않았는데 어쩐지 고모가 너무나 감동하는 눈빛이었으므로 책 탈출 보조는 계속해야겠다고 생각했다. 그리고 어쩌다 종착하게 된 것이 바로,

『안나 카레니나』.

성은은 책장 속에 있는 그 책을 마주하고는 가만히 생각에 잠겼다. 그 책은 별로 나오고 싶어 하지 않는 분위기였다. 그도 그럴 것이 그즈음 온갖 극장들에서 『안나 카레니나』를 원작으로 한 영화가 개봉했다고 열을 올렸던 것이다. 아무래도 책도 바쁘겠지. 성은은

가만히 유리문을 닫고는 텔레비전 앞에 앉았다. 영화의 예고편은 아주 극적이었다. 「출발! 비디오 여행」에서 소개하는 영화 「안나 카레니나」는 드라마와 드라마 사이에 하는 예고편보다 더 극으로 치닫는 중이었는데, 어린 성은을 충격에 빠뜨린 장면은 극 중 안나가 기차 위로 뛰어내려서 자살하는 것이었다. 물론 성은이 놀란 것은 자살 그 자체보다는 다른 것에 있었다(그즈음 자살하는 사람이 많아진 까닭에 솔직히 성은은 그다지 놀라지 않았다. 심지어 이 세상이 멈춘다는 휴거 소동도 있었고 물론 세상이 안 멈춰서 거기에 더 놀랐다. 그 교회 목사는 휴거의 달인 같았으니까 말이다). 성은이 놀란 것은 기차 위로 뛰어내리는 안나의 얼굴이 너무 아름답다는 거였다. 성은은 멍하니 영화 속 안나의 얼굴을 보다가 옆을 돌아보았다. 그리고 다른 이유로 또다시 벌어지는 입을 다물 수가 없었는데, 어느새 고모가 성은의 옆에 앉아 있었다는 점과 무엇보다 눈물을 흘리고 있었다는 점에 그랬다. 이게 뭐야. 성은은 눈물 흘리는 고모를 보며 저도 모르게 그런 말을 했다. 분명 할머니가 고모에게 말 함부로 하지 말라고 했는데 성은은 벌어진 입을 손으로 막았지만 그 기분만은 막을 수 없었다. 고모가 눈물을 흘리다니, 그것도 외국 영화를 보고서 말이야. 고모로 말할 것 같으면, 우선 고모는 이른바 미제라고 불리는 건 다 싫어했다. 고모는 메이드 인 코리아를 써야 한다고 부르짖었다. 하지만 성은이 보기에 고모는 온갖 미제와 일제에 둘러싸인 사람이었다. 우선 카세트만 봐도 그랬다. 고모는 고등학생 시절 파나소닉이 아닌 소니 카세트를 쓰고 싶다고 대들다가 할머니에게 눈물이 쏙 빠지게 혼이 났었다. 결국 고모의 큰오빠인 성은의 아빠가 평소 성은을 돌봐줘서 고맙다면서 소니 시디플레이어를 사다 주었다. 성은은 고모가 워낙 메이드 인 코리아를 써야 한다고, 한국인은 그게 문제라고 하길래 소니가 한국 기업인 줄 알았다. 나중에 안 사실인데 파나소닉이나 소니나 일본 대표 그룹이었고 음악깨나 듣는다는 사람들 사이에서는 소니가 있어야 좀 더 어깨가 산다는 걸 알게 되었다. 하지만 고모는 음악을 하는 사람도 아닌데……. 이럴 바에야 왜 고모는 메이드 인 코리아가 중요하다고 한 걸까.

고모, 나는 골드스타를 써. 노래가 잘만 나오는 거 같아.

초등학교에 입학한 성은에게 아빠는 영어 공부를 하라며 카세트를 사주었다. 골드스타였다. 진정한 메이드 인 코리아. 그런 성은을 보고 고모는 또다시 알 듯 말 듯 한 소리를 늘어놨다.

그래, 역시 젊은 애들이 희망인 거야.

하지만 성은이 생각하기에도 성은은 젊다 못해 어렸다. 그리고 대체 그게 무슨 상관이람, 소니냐 골드스타냐에서 나는 골드스타인 건데. 한창 김대중이 나와서 행동하는 양심 어쩌고를 운운하던 시기였다. 고모는 역시나 김대중 팬클럽처럼 굴더니 소니를 벗어나지는 못하는 듯했다. 어린 성은에게 이것에 대한 이해는 큰 고비였다. 두 번째는 기기가 아닌 의류에 있었다. 어느 날엔가 성은은 고모가 청바지의 허벅지 부분을 죽 찢는 걸 보았다. 멀쩡한 새 청바지를 찢는 것도 놀라웠는데 문득 떨어진 가격표를 보고는 더 놀라 그만 먹고 있던 치토스를 떨어뜨릴 뻔했다. 하지만 성은이 치토스를 떨어뜨리기도 전에 할머니의 슬리퍼가 고모의 머리에 떨어졌다.

너 그거 입고 나갈라고? 워메 얼어 죽어봐야 니가 정신을 차리제.

할머니의 말과 슬리퍼의 명중률에도 고모는 아랑곳없었다. 성은은 고모가 얼어 죽든 창피를 당하든 그런 건 상관없었다. 그것보다는 여전히 리바이스 청바지의 가격에 얼이 빠져 있었다. 나중에 알고 보니 웬 미국 영화의 주인공을 따라 한 거였다. 가격표의 충격은 곧 청바지의 출신 성분으로 옮겨붙었다. 리바이스라니, 리바이스라니. 그게 미국 상품이라는 걸 알게 된 후 성은은 고모를 이해하기가 소니 때보다 어렵다는 생각이 들었다. 대학에 가자마자 미대사관인가 어딘가로 맨날 몰려나가 미국 물러가라고 시위한댔는데 리바이스 청바지는 틀림없는 미제였던 것이다. 고모야말로 리바이스 청바지와 소니 시디플레이어와 함께 물러나게 될 것만 같았다. 의류와 기기에 이은 정점은 영화였다. 사람들이 먹고살 만하면 이제 삶에서 재미를 찾는다는 할머니의 말대로 고모는 대학에 들어가자마자 무언가에 홀린 듯했다. 그것은 바로 영화였다. 하지만 리바이스와 소니 때와 달리 고모에겐 양심이라는 게 좀 생긴 것 같았다. 고모의 발목을 잡는 듯 보였던 것이 있었으니, 고모가 좋아하는 영화들의 출신 성분이 바로 문제였다. 고모는 한국 드라마도 영화도 좋아하지 않았다. 오로지 어디?

미국과 유럽.

고모에게 그것은 정말 뭐였을까. 소니와 리바이스에 이어 성은을 얼빠지게 한 것은 고모를 홀린 그 영화였다. 고모는 이번엔 친구들 몰래 영화를 보러 다니는 것 같았다. 고모와 죽고 못 살 듯이 한 몸으로 붙어 다니던 숙자 이모가 놀러 왔을 때였다.

니네 고모 어디 간 지 너 알아?

숙자 이모는 허리가 다 보이는 옷을 입고 배에 힘을 주고 있었다. '줄리아나 도쿄'라는 나이트클럽에서 밤마다 부채를 흔들며 춤을 춘다더니 살이 쏙 빠진 모양새였다. 도쿄는 못 가봤어도 그 클럽은 내가 자주 가봤잖아. 성은은 숙자 이모가 말할 때마다 조금씩 자기주장을 하는 이모의 배를 바라보고 있었다. 배가 좀 나와 보여도 괜찮을 거 같은데 숙자 이모에게 배는 대체 뭐란 말인가. 문득 고모의 책장에 들어오기 시작한 다이어트 책을 생각하고 있을 때였다. 할머니가 부러 그러는지 유달리 큰 소리로 들고 있던 냄비를 떨어뜨리더니 다짜고짜 숙자 이모의 어깨를 잡아챘다.

수연이 갸가 또 어디를 갔는디 니 혼자 이러고 다니냐, 어? 또 어디 최루탄이나 맞고 돌아다니는 거 아니제? 니 또 뭐 숨겨주고 그런 거 아니제, 어? 아니 요즘 세상에 또 무슨 데모를 한다고, 응?

숙자 이모는 할머니를 보자마자 손으로 허리를 감쌌는데 그게 오히려 할머니의 눈에 더 잘 띄는 결과를 가지고 온 것만 같았다. 그날 숙자 이모는 고모의 행방을 모른다는 이유로 등짝을 한 대, 추워 죽겠는데 허리를 다 내놓고 다닌다는 이유로 등짝을 한 대, 총 두 대를 맞고 집으로 사라져야 했다(줄리아나 도쿄일 수도 있다). 가는 순간에도 할머니에게 구십 도 인사를 잊지 않는 동방예의지국 국민인 숙자 이모를 보면서 도쿄에도 없다면 대체 고모는 어디 갔을까, 성은은 생각해야만 했고 그날 밤 할머니의 채근에 결국 고모는 자신의 행방을 실토했다.

영화 좀 보러 간 거야. 그래, 미제 영화 좀 봤어!

할머니는, 그렇게 미국 놈들 물러가라고 난리더니 영화를 봤느냐며 끌탕을 찼지만 어딘가 모르게 안심하는 표정이 되는 것 같기도 했다. 할머니는 심지어 고모에게 영화라도 많이 보라는 말까지 없는 거였다. 성은은 할머니도 잠시 어려운 존재라는 생각이 들었다. 고모 말이 앞뒤가 안 맞는데 왜 할머니는 고모를 혼내지 않는 걸까. 영화관에 가는 것은 할머니가 전혀 말리지 않았기 때문에 고모는 그 뒤로부턴 본격적으로 영화관에 들락거리기 시작했다. 아르바이트를 하면 종종 영화관에 갔고 성은을 좀 봐달라는 부탁에는 성은까지 데리고 가기 시작했다. 가끔은 성은을 위한 영화도 봤다. 「알라딘」 같은 애니메이션 말이다. 정작 성은은 고모 옆에서 꽤나 영화를 훔쳐본 까닭인지 고모가 보는 영화를 따라 보고 싶었다. 아무래도 고모가 자신을 너무 어린아이로 본다는 생각을 했지만 성은도 영화관이 좋아서 입을 꾹 다물었다. 영화관이라면 눈 감고도 갈 수 있을 것 같았다. 그리고, 그리하여, 성은은 어느 순간 자신이 스스로 영화를 선택할 수도 있을 것 같다는 생각이 들었고, 문득 「출발! 비디오 여행」 예고편에서 봤던 아름다운 얼굴을 떠올렸다. 그 무렵 성은이 고모와 함께 다니던 영화관에서는 마침 「안나 카레니나」를 특별 재상영 중이었다. 성은은 인생 최초의 범법, 15세 이상 영화를 몰래 보는 불법을 저질렀다. 그동안 영화관 사장님과 열심히 안면을 튼 덕분이었다.

그러나 「안나 카레니나」 상영관에서 나올 때쯤 성은은 그냥 기분만 상한 채였다. 뭐야, 그냥 불륜 이야기잖아. 시간이 흘러 안나의 선택을 이해할 무렵에는 성은도 그 소설과 영화가 얼마나 슬픈지, 왜 고모가 울었는지 알 수 있었지만 당시의 성은은 그저 아침 드라마와 비슷한 내용이라고 생각하며 눈물 흘리는 고모의 옆모습은 잊기로 했다. 아무래도 그즈음 일본 문화가 개방되면서 모든 사람이 「러브레터」를 보며 울었는데 고모만 잔뜩 비가 올 것 같은 색감의 러시아 배경 영화를 보며 울었기 때문에 성은의 마음이 더 차가워진 것인지도 몰랐다. 고모의 눈물이여, 오겡끼데스까아……? 그런데 웬걸 고모도 비슷한 결심을 한 것 같았다. 어느 순간부터 고모는 더 이상 「안나 카레니나」를 보러 가지 않았다. 그 대신 숙자 이모에게 넘겨받은 다이어트 책자를 한 장씩 넘기기 시작했다. 모델 이소라의 다이어트 비디오도 책장 한쪽에 들여놓기 시작했다. 이소라가 늘씬한 키로 무장한 채 다리 살 빼는 비법을 알려주는 다이어트 비디오는 언젠가부터 고모에게 최고의 비디오가 된 것 같았다. 성은은 고모가 그 다이어트 비디오의 여자처럼 늘씬해지고 싶은 건가라고 생각했다. 그리고 성은은 어렴풋, 언젠가는 고모의 그 다이어트 비디오를 자신도 물려받게 되지 않을까 정도를 생각하며 차츰 그 시절을 잊어갔다. 학생 용돈으로 영화를 보기는 힘들었기 때문에 고모가 가지 않는 영화관은 성은에게서도 점차 멀어지기 시작했다.

2. 본드걸과 본드

성은은 고모가 다이어트 비디오에 빠지게 된 것이

아무래도 고모가 그즈음 자주 보던 '본드걸' 때문이라는 생각이 들었다. 사실 고모는 딱히 다른 걸 하지 않아서 그 외에 다른 것은 생각할 수가 없기도 했다. 그렇다. 그즈음 고모는 어째서인지 「안나 카레니나」 같은 영화가 아닌 본드걸이 나오는 영화들에 더 집중하고 있었다. 그런 영화를 볼 때 고모는 더는 울지 않았다. 다만 팔짱을 끼고 끊임없이 무언가를 메모했다. 그리고 급속히 생기기 시작하는 피시방이라는 데를 들락거리며 누군가에게 이메일이라는 것을 보냈다. 성은을 데리고 나가면 할머니의 눈초리를 피할 수 있기 때문인지 성은에게 이메일 주소 만드는 법을 알려주기도 했다. 아니, 그러면 뭐 하지? 성은은 이메일 주소라는 걸 보면서 생각했다. 그 누구에게도 뭘 보낼 일이 없었다. 주소가 생기면 뭐 하냐고. 성은은 자신보다 그래도 고모가 낫다는 생각이 들었다. 학생운동 하다 걸려서 세상 밖 취업은 꿈도 못 꾼다며 대학원을 갔던 고모. 대학원이 뭐 하는 데인지 정확히는 모르지만, 아무래도 저런 영화를 보면서도 뭔가를 생각해야 하는 직업인 것 같았다. 그러니까 인상을 찌푸리고 영화를 보다가 이메일 보내는 게 대학원생의 주 업무 같았다. 어쨌거나 성은이 보기에 다이어트 비디오든, 본드걸이든, 이메일이든 어찌 보면 어느 정도는 중독이었다. 문득 성은은 자신의 학교에도 있는 본드걸들을 단지 기이하게만 볼 일은 아닌 것 같았다. 그렇다. 성은의 학교에도 본드걸이 있었다.

비닐봉지랑 본드만 있으면 돼. 진짜로 죽여준다고.

그즈음 학교에 가면 교실에서는 정말 죽여주는 이야기들이 들려오곤 했다. 에어컨도 없는 학교에서 한여름에도 자습을 시킨다고 인간들을 불러놨으니 모두가 조금씩 죽어가는 건 당연했지만 어느 시기를 기점으로 정말이지 유독 죽어가는 애들이 늘어나는 것만 같았다. 밀레니엄이라는 2000년으로 향할수록 아이들의 눈동자는 조금씩 풀려 있었고, 이미 담임의 눈밖에 난 아이들이 어딘가를 다녀오면 같은 냄새를 품고 나타났다. 그건 미술 시간에 스티로폼을 붙이던 것과 유사한 냄새였다. 언뜻 싸구려 노트에서 나는 덜 마른 접착제 냄새 같기도 했다. 어느 날 학주가 공사장에서 주운 쇠막대기 같은 지도봉을 들고 교실로 들어왔다. 철학 수업은 난데없이 불심검문으로 이어졌다. 그날 철학 수업은 진행되지 않았고, 학주에게 머리채를 잡히거나 옷자락을 찢길 듯 붙잡힌 애들의 비명 소리가 그 자리를 대신 메웠다. 성은은 늘 힘이 없는 철학 선생을 힐끗 바라봤다. 늘 힘이 없었지만, 아주 주의 깊게 보지 않으면 잘 모를 정도로 몸을 기울여서 성은을 포함한 여학생들의 가슴을 치고 가던 철학 선생. 성은은 순간 그의 눈빛을 보고 왜인지 교과서를 조금 그러쥐어야 했다. 너무나 생생했기 때문이다. 학주가 아이들을 콩 털듯 때리고 있는 모습을 보는 그의 눈빛은 수업을 하는 그의 눈빛과는 너무 달랐다.

당신이 뭔데 나를 패요?

성은의 눈길이 철학에게서 멀어진 건 별안간 들려온 그 목소리 때문이었다. 일진이 직업도 아닌데 늘 일진임을 자랑스러워하던 미연이 뺨 한쪽이 벌게진 채 학주를 바라보고 있었다.

당신 전교조잖아! 학생 인권 몰라요?

미연의 말에 학주가 잠시 멈춰 섰지만 그 침묵은 길지 않았다.

봉지에 본드 넣고 너보다 어린 애들한테 빨라고 하는 게 인간이야? 인권은 인간에게만 해당하는 거야!

학주는 그런 말을 남기고 다시 미연의 머리채를 잡아끌었다. 성은이 왜 그랬을까. 그 시기 성은은 고모로부터 벽돌 같은 코닥 디지털카메라를 선물 받았다. 사실 선물이라기보다는 고모가 집에 내려온 후 성은에게 그냥 준 것이었다. 뭘 찍었는지 몰라도 사진을 지워야 한다면서 한참의 시간을 보낸 후였다. 성은은 말로만 듣던 디카를 갖게 된 것이 그저 기뻐서 온갖 것들을 찍었지만 왜인지 같은 반 인간들은 찍기 싫어서 한 번도 찍지 않은 채였다. 성은이 찍은 인간은 고모가 유일했다. 그날 성은은 끌려나가는 미연과 유독 살아 있는 눈빛을 하고 있는 철학 선생과 소리를 지르느라 얼굴이 벌게진 학주가 동시에 담긴 사진을 찍었다. 성은도 자신이 왜 그걸 찍었는지 알 수가 없다는 기분이 들었지만 어쨌거나 그랬다. 디카를 조심스레 책상 서랍 속으로 밀어 넣던 성은은 문득 칠판에 쓰인 한 문장을 보았다.

윤리란 무엇인가.

그러게, 뭐가 윤리지? 본드를 분 미연도 잘못이지만 그렇다고 사람을 팬 학주가 좋은 사람인가. 성은은 잠시 생각에 잠겼다. 그나저나 그런 걸 눈살 찌푸리지 않고 본 단 한 사람은, 그 사람은 윤리를 가르칠 자격이 있나?

일주일이 지난 후 학교 정문에는 미연이 무기한 정학을 당했다는 공지가 붙었다. 그리고 그것과 상관이 있는지 없는지 모르지만 그날 성은은 고모와 함께 등교를 하게 되었다. 그 사건이 있은 후 이틀 정도 지났을 때였을 것이다. 성은은 보호자를 데리고 교무실로 오라는 학주의 말을 반장에게서 전해 들었다.

학주가 왜 직접 너를 안 불렀을까? 네가 혐의가 있는 게 아니고 그냥 뭔가를 확인해보려고 하는 거 같아.

성은은 처음엔 무척 놀랐지만, 고모의 그 말을 듣고선 순식간에 진정되는 기분이었다. 게다가 다른 사람도 아니고 고모였다. 고모라면 온갖 데모에 휩싸이면서 경찰서란 경찰서는 다 끌려가본 경험이 풍부한 사람이었다. 누군가를 소환하는 사람의 마음은 아주 잘 알 것이다. 성은은 가만히 고모를 바라보다 입을 열었다.

고모, 엄마 대신 고모가 좀 가줄 수 있어?

당시 고모는 데모에 데모를 거듭하다가 이번엔 대학원 무기한 정학이라는 어마어마한 성과를 거두고 성은의 할머니 집에 내려와 있었다. 이제 할머니도 고모를 포기했는지 이렇게 넋두리를 해두고 돌아설 뿐이었다.

하이고, 그래놓고 배는 고픈갑다. 어디 배 한 번 곯아봐야 저런 쓰잘머리 없는 운동이 아니라 몸이 건강해지는 운동이라도 하제. 학자가 될랑가 싶어서 뒷바라지했더니 공부가 아니라 아주 지랄을 길게도 헌다.

물론 그러면서도 고모 밥은 꼭 챙겨두고 나서곤 했다. 고모는 할머니가 외출을 하고 나서야 눈을 비비고 일어났고 밥을 먹었다. 고모의 변화라면 이제 본드걸은 보지 않는다는 것이었다. 다만 '본드걸과 소비되는 여성의 몸'이라는 이상한 제목의 글을 써서 프린트하고는 했다. 동지라는 사람들과 통화를 하고 무료 문자를 대담하게 써가며 이야기를 나누고 피시방에 가서 이메일을 보내느라 밤늦게 기어들어 오곤 했다. 동지라고 하기에 고모 대학 시절의 그 동지인가 했는데, 기이하게 다른 사람들인 것 같기도 했다. 얼핏 본 고모 이메일에는 미대사관을 습격하자든지 불을 지르자든지 이런 내용은 없었다. 그 대신 용산의 기지촌과 미아리의 어떤 여성들에 대한 내용들이 빼곡했다. 하여간 고모가 어떤 동지를 만나든 성은은 상관없었지만, 고모에게 성은은 좀 유용했던 모양이다. 자습하고 오는 성은 때문에 할머니가 문을 잠그지 않았기 때문에 고모의 늦은 피시방 외출이 가능했던 것이다. 성은은 나이가 들어서도 할머니의 등골 브레이커처럼 보이는 고모가 못마땅했지만 한편으로는 뭔가 측은한 느낌도 들었다. 아무래도 「안나 카레니나」를 보며 눈물 흘리던 고모를 잊을 수가 없었던 것이다.

성은은 그즈음 IMF 이후 제과점이 망한 부모님과 떨어져 주중에는 주로 할머니 집에 있었다. 성은은 급한 마음에 고모에게 미연의 일을 두서없이 꺼내 늘어놓기 시작했다. 자기와는 전혀 관련이 없고 디카로 사진 한 장 찍었지만 그건 누구도 모를 거라는 말까지. 누가 봐도 마음이 급한 건 성은뿐이었다. 고모는 가만히 성은을 보더니 다시 물었다.

철학 선생이 네 가슴도 만졌어?

어? 어…… 만진 건 아니고 들고 있던 교과서로 툭 밀었어. 아, 고모, 엄마가 이거 들으면 안 그래도 돈 버느라 바쁜데 괜히 온단 말이야, 응?

고모는 잠시 성은의 얼굴을 보더니 의외로 가뿐한 말투로 자신이 어디로 가면 되느냐고 물었다. 성은은 엄마나 할머니가 이 사실을 모른다는 사실만으로도 다시금 안도감이 밀려와서 학주가 자신을 불렀다는 사실조차 잊을 지경이었다. 고모는 왜인지 학주가 아닌 철학 선생에 대해서만 거듭 물었지만 성은은 고모가 와주는 게 고마워서 그조차 오래 생각하지 않고 기억나는 대로 모두 이야기했다. 철학 선생이 수업 시간 도중 누구의 가슴을 치고 가고 엉덩이에 묻은 먼지를 털어준다며 손으로 쓸어내리던 일을 기억나는 대로 모두 말했다. 성은의 이야기를 듣던 고모는 입술을 잠시 깨물다가 고개를 여러 번 끄덕였다.

고모가 학교에 온 날, 성은은 자신이 교무실이라는 곳에 처음 가본다는 사실을 깨닫게 되었다. 사실 성은은 정말 평범하기 그지없는 아이였다. 마흔 명이 정원인 반에서 15등 정도로 성적도 절반 정도였고 태어나서 지금까지 반장이든 회장이든 학급 임원 같은 건 해본 적도 없었다. 물론 조장이 돼본 적도 없었다. 그랬기 때문에 심지어 교무실로 가는 동안 길을 잃을 뻔도 했다. 도리어 같은 학교를 졸업한 고모가 길을 정확히 기억해서 성은을 제대로 교무실로 이끌어주었다. 아무래도 고모는 고등학교 시절엔 전교 1등은 아니어도 문과 1등은 빼놓은 적이 없는 사람이라고 하더니 그래서 그런 건지도 몰랐다. 그날 학주와의 대담 또한 고모가 예상한 대로 큰 소란 없이 끝나는 분위기였다. 대체 왜 부른 걸까, 성은은 이런 생각이 들 정도였다. 학주는 요즘 애들이 본드를 부는데 그걸 일반 학생들에게까지 강요해서 한 명씩 상담하는 중이고 그게 성은의 차례라는 이야기를 했을 뿐이었다. 고모는 성은이 걱정한 것보다 어른스러운 표정으로 학주의 말을 경청하는 모양새였다. 학주가 고모에게 타준 믹

스커피도 바닥을 드러내고 이제 그만 일어서도 되겠다는 생각이 들 무렵이었다. 고모는 성은을 보더니 학주에게 할 말이 있다며 잠시 나가서 기다리라고만 했다. 학주 앞이다보니 성은은 고분고분 물러날 수밖에 없었다. 고모는 잠시라고 하더니 한참이나 지나서야 복도로 나왔다. 수업이 아직 남아 있는 성은을 두고서 고모를 배웅하고 돌아온 학주가 성은을 보더니 이렇게 말했다.

좋은 사람을 고모로 뒀네. 연구 열심히 하시라고 전해드려라.

성은은 학주가 왜 갑자기 고모를 두고 좋은 사람이라고 한 걸까 생각하느라 오히려 그 뒤에 한 말은 잘 들리지 않았다.

그리고 너.

성은은 학주의 다음 말에 어깨가 잔뜩 구부러지도록 긴장했다.

사진 찍는 거 좋아하면 동아리 들으라고. 대학도 생각해보고.

성은은 고모가 대체 무슨 말을 한 걸까 곰곰이 생각

해보았지만 얼마 후 더한 이벤트가 발생했기 때문에 그 또한 잊어버렸다. 철학 선생이 사라졌다는 건, 성은을 제외한 모든 학생에게 한동안 커다란 화제였다. 성은은 철학 선생이 사라지고 나서 자신이 어느새 철학 시간에 긴장하며 가슴을 웅크리지 않는다는 사실을 깨달았다.

3. 최루탄과 비닐봉지, 그리고 가짜 여자친구

본드가 든 봉지는 모르겠는데 최루탄 막으려고 비닐봉지는 써봤지.

학주랑 무슨 이야기 했는지 물어보는 성은에게 고모는 역시 고모다운 대답만을 늘어놓는 거였다. 성은은 김이 샜다.

철학 선생은 왜 사라진 거야, 고모? 고모, 고모, 연구자가 뭐야? 학주가 고모는 좋은 연구자가 될 거랬어. 그거 의사 같은 거야? 할머니가 그러는데 고모는 데모의 달인이고 남들 하지 말라는 거는 다 하는 달인

이랬는데 우리 학주는 고모가 아주 똑똑한 사람이래. 연구자라서 그런가? 근데 연구자가 뭐지?

성은은 고모가 어린 시절 자기 머리를 쓰다듬어주었던 때의 고모로 되돌아간 것 같다고 느꼈다. 그때 성은은 고모가 자기를 칭찬해주는 것이 좋아서 온갖 책을 탈출시킨 사람이었다. 하지만 고모는 별말 없이 빙긋 웃더니, 성은에게 누군가 네 가슴을 치거나 누군가의 엉덩이를 만지는 걸 보면 그게 선생이든 학생이든 즉시 말해달라고 할 뿐이었다. 그러고는 늘 같았다. 고모는 종일 집에 틀어박혀 있다가 성은의 걸음걸이보다도 늦게 켜지는 고물 컴퓨터를 켜서 글을 쓰거나 밤에 피시방에 가서 이메일 같은 걸 쓸 뿐이었다. 성은은 가끔 고모의 뒷모습을 디카로 찍었다. 고모가 프린트한 종이도 사진으로 찍어뒀다. 성은은 고민하다가 쓰지 않는 싸이월드 계정에 비공개 폴더를 만들었다. 고모라고 만들었다가 연구자라고 고쳤다가 연구자 고모라고 써두었다. 그런 고모가 먼저 성은에게 무언가를 말한 건 역시 비닐봉지였다.

최루탄 막으려고 서울 사람들 절반이 비닐봉지 쓰

고 다녔다. 너 모르지?

성은은 고개를 끄덕였다. 본드 불어 마시려고 쓰는 2000년대의 비닐봉지와 최루탄 막으려고 쓰는 1980~90년대의 비닐봉지…….

그 비닐봉지들 다 어디에 있을까?

성은은 고모의 혼잣말에 퍼뜩 고개를 들어 고모를 바라봤다. 고모의 눈에는 약간의 그리움 같은 게 얽혀 있는 것 같았다. 그 시절이 그리운 건지 같이 비닐봉지를 썼던 사람들이 그리운 건지 모를 일이었다. 고모의 분위기를 바꾼 건 그다음 말이었다. 고모는 다음 날 서울에 다녀오겠다고 했다. 눈빛은 순식간에 결연함으로 바뀌었는데, 성은 또한 나름의 결연함을 다지며 고모에게 말했다.

나도 따라갈래.

다 이유가 있었다. 성은은 이미 그 사실을 알고 있었다. 디카로 찍어둔 고모의 종이 뭉치 중에는 이메일을 그대로 복사한 것도 있었다. 영등포 쪽방, 미아리 고갯길, 용산 기지촌, 파주 성매매길. 어디가 어딘지는 모르겠지만 고모가 뭔가를 할 거라는 것은 확실했다. 고모는 처음엔 절대 안 된다고 했다가 이미 성은이 그 종이를 봤다는 사실에 약간 말을 잃은 표정이었다. 성은은 마지막 한 방을 준비해둔 게 있었다. 고모가 반대할 거라는 게 확실하니까 준비한 것이었다.

근데 고모, 여기 여자친구는 뭐야?

성은은 이메일 복사본의 마지막 말을 가리켰다. 고모는 숨을 크게 들이쉬었다. 사실 고모가 뭘 하는지 보고 싶어서 서울에 따라가려고 준비한 한 방이긴 했지만 크게 그 단어에 무언가가 있다는 생각은 해본 적이 없었다. 게다가 그 여자친구가 들어간 이메일의 내용은 다른 것과 조금은 달랐다. 다른 메일에는 알 수 없지만 잔뜩 기합이 들어간 문장이 많았다. 동지라든가, 투쟁이라든가, 그런 것들. 게다가 항상 장소는 서울 언저리였다. 고모는 왜 돈 많이 들게 꼭 서울에서 뭘 하는 걸까. 하지만 여자친구가 등장하는 이메일은 배경부터가 남달랐다. 대구였다. 대구라니……. 서울은 아무리 멀어도 그냥 서울, 대한민국의 수도 서울이었다. 누구나 입성하고 싶은 꿈의 동네. 하지만 사람이 성하게 들어가서 제정신이 아닌 채 나온다는 그런 도시이기도 했다. 어쨌거나 서울은 이 전라도 사람들에게 어떤 상상력이라도 발휘되는 그런 곳이었다. 하지만 대구는 아니었다. 내게 대구는 어디 다른 나라처럼 저 멀리 있는 곳이었다. 88고속도로를 타고 여덟 시간은 족히 달려야 하려나. 아무튼 주변을 살펴봐도 대구에서 왔다는 사람은 거의 없었다. 부산도 있고 마산도 있었는데 대구는 없었다. 거기는 박정희 나와바리잖아, 전두환이랑. 고향도 아니더만 누가 보면 지들 고향인가 싶게. 어른들은 틈만 나면 정치 이야기로 대구를 들먹였지만 성은은 그럼에도 대구를 상상하기 쉽지가 않았다. 역시나 아는 게 있어야 상상이 가능했다. 그런데 고모의 여자친구인지 아니면 뭔 놈의 여자친구인지는 모를 그 여자친구는 아무래도 대구 언저리에 있는 모양이었다. 정주못이라니, 성은은 한국지리 교과서에 실린 지도를 아무리 살펴봐도 정주못이 어디인지 알 길이 없었다.

정주못 앞에서 어떤 건물을 바라보고 있어. 쇠창살이 있는 층이 딱 하나 있는데 아이들과 여자들이 갇혀 있는 곳 같아.

이건 또 무슨 마법사가 부리는 마법 같은 문장일까. 아무튼 여자친구의 이메일에 따르면 그 여자친구는 고모를 그 앞에서 기다린다고 했었다. 고모는 거기에 다녀왔을까? 대구라는 곳을 가려면 고모에게 왠지 비닐봉지라도 쥐여줘야 안전할 것 같은 이 기분은 뭘까. 솔직히 말하면 성은은 여자친구라는 단어는 크게 신경 쓰이지 않았다. 성은은 문득 아무도 없는 빈 교실에서 키스하던 친구들을 떠올렸다. 왜였을까, 저도 모르게 고개를 저은 것은 말이다. 일진인 미연이 그 애들을 무자비하게 폭행하고 다른 애들이 왕따에 가담할 때조차 한 발자국 떨어져 있던 성은이었는데, 성은은 그 아이들이 실제 사귄다고 해도 이상하다는 생각을 한 적이 없었는데. 퍼뜩 성은을 제자리로 돌려놓은 건 고모의 말이었다.

따라와도 돼. 그 대신 네가 본 것은 다 비밀이야. 그게 진짜든 가짜든. 알았지?

그냥 여자친구 만나러 간 거예요.

성은의 말에 교무실 문 앞에 호기심으로 서 있던 학

생들이 웅성거리는 소리가 들려왔고 학주는 일어나 부러 눈을 부라리는 시늉을 했다. 조용한 학교생활 최대의 위기였지만 성은은 그런 걸 그다지 생각하고 싶지 않았다. 아니, 그럴 여유가 없었다. 학주는 잠시 성은을 내려다보다 종이 한 장을 내밀었다. 무단결석 사유서와 반성문 용도로 각각 한 장씩이었다. 성은은 학주가 자신을 크게 나무랄 거라고 생각했기 때문에 그런 학주의 태도에 잠시 머뭇거렸다. 그리고 또 하나, 성은은 묻고 싶은 게 있었다.

고모는요?

학주는 잠시 생각에 잠기더니 원하는 대답 대신 질문을 다시 던졌다.

너희 고모 특기가 데모였냐?

성은은 가만히 학주를 바라보다 고개를 끄덕였다. 전교조로 유명하다 못해 감방을 두세 번이나 들락였다는 학주. 소설가였다는 학주는 이제는 소설은 안 쓴다고 했다. 학주는 팔짱을 낀 채 성은을 바라보다 다시 말했다.

훈방됐을 거야. 공연음란죄 뭐 이런 거 받았겠지.

그러더니 다시 성은을 바라보며 그저 이렇게 말했다.

너, 디카에 찍은 거, 나중에 고모에게 도움 될 거다.

성은은 고개를 끄덕이고 인사한 후 교무실 문을 나섰다.

야, 난 네가 여자를 그렇게 좋아할 줄 몰랐다.

그나마 친하게 지냈던 성은의 옆자리 아이가 그렇게 말했지만 성은은 그저 종이 두 장을 들고 징벌방으로 들어갔다. 칸막이가 있는 책상에 앉은 후에야 성은은 디카를 열어봤다. 거기에는 기지촌 여성 해방, 성매매 여성 해방, 여성의 몸을 해방하라는 구호를 외치며 속옷만 입고 달리는 고모가 있었다. 고모의 뒤를 따르는 여성들 중에는 속옷을 벗어젖힌 여성들도 있었고, 미아리 어디선가 오래 손님을 받았다던 칠십 대 여성도 있었다. 그중 누군가는 동방방직이라는 구호를 외치기도 했다. 성은은 디카 사진 속의 고모를 뚫어지게 바라봤다. 성은의 가짜 여자친구가 된 진짜 고모가 거기에 있었다. 고모는 데모의 달인이 아니라 그저 고모가 하고 싶은 일을 하는 사람이었다.

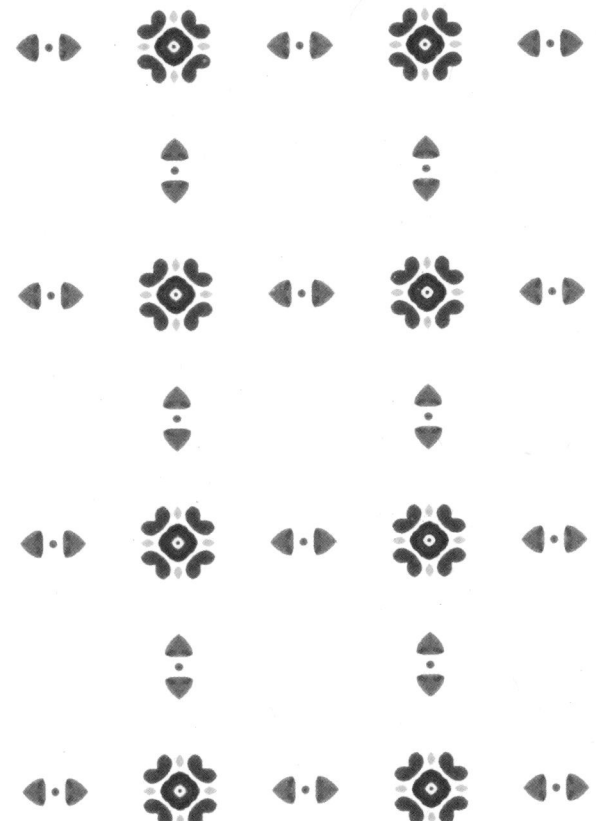

Entanglement

나의 체험학습

예소연

시원한 물 한 잔을 마시고 싶었지만 좀처럼 자리에서 일어나고 싶은 마음은 들지 않았다. 그대로 읽던 책을 덮고 의자에 앉아 어제의 대화들을 찬찬히 돌이켜보았다. 정말 바보 같은 이야기를 했어. 나는 그들에게 중학생 때 제일 친한 친구와 작은 섬에 놀러 가 구멍가게에서 소주 몇 병을 훔친 뒤 몰래 마신 적이 있다고 했다. 그것이 내가 술을 마신 첫 번째 기억이라고. 그러자 내 얘기를 듣던 어떤 이가 수이 씨 좀 놀았나봐요, 했다. 그 말을 듣고 얼굴이 달아올라 서둘러 맥주를 들이켰다. 그들은 그런 나를 별로 신경 쓰지는 않았다. 그저 처음 먹어본 소주의 맛이 어땠는지, 그렇게 취해서 얼마나 볼썽사나운 일들을 했는지에 대해 떠들기 시작했다.

비치발리볼. 사실 나는 비치발리볼에 대한 이야기를 하고 싶었던 것인데. 나와 희는 모래사장에 투박하기 그지없는 은박 돗자리를 깔고 소주를 들이켰다. 형광색 나시를 커플로 차려입고 한껏 꾸민 상태여서 우리는 우리가 중학생처럼 보이지 않을 줄 알았던 것 같다. 양은 대접에 따라 마신 소주는 순식간에 몸을 데웠고 우리는 바다 앞에 널브러져 뙤약볕에 그대로 몸을 맡겼다. 은근하게 올라오는 열기와 짭조름한 습기…… 정말 어떻게 되어버릴 것만 같아. 그런 생각을 하던 찰나 나와 희의 머리 위로 그림자 하나가 불쑥 드리워졌다.

"그러다 너네 죽어."

양민승이었지, 하고 나는 혼자 중얼거렸다. 그러자 나에게 놀았느냐고 물어본 이가 뭐라고요? 했고 나는 대답 대신 원래부터 생각하고 있었던 말을 했다.

"자꾸 제가 끼어들어서 불편하셨죠. 오늘부로 단톡방은 나갈게요."

그러자 그들은 하나같이 손사래를 치며 아니라고 했고 나는 괜찮다며 고개를 끄덕이고 자리에서 일어났다. 계산은 하게 해달라고 너스레를 떤 뒤 가게를 나왔는데 비가 내려서 하는 수 없이 비를 쫄딱 맞고 집까지 걸어왔다. 제법 괜찮은 친구를 사귀고 싶어 동네 친구 모임에 속속들이 가입하는 중인데 괜스레 도장 깨기만 하는 것 같아 기분이 좋지 않았다.

 침대에 누워 희를 생각했다. 희를 생각하면 양민승을 생각할 수밖에 없다. 양민승을 생각하면 희를 생각할 수밖에 없다. 그리고 그들을 생각하면 내리쬐던 햇볕과 힘껏 울렁이던 물결, 입 주변을 핥으며 느꼈던 고약한 짠맛 같은 것들이 동시에 떠오른다.

 내가 가진 능력은 아주 비밀스럽지만 좀처럼 들키기 어려운 종류의 것이기도 하다. 천 원짜리 지폐를 손바닥에 올려놓고 그것이 돌돌 말릴 때까지 눈에 힘을 줘본 적이 있는 사람이라면 나와 이야기가 통할 수도. 상상은 현실과 긴밀하게 맞닿아 있기 때문에 그것이 진실로 이루어진다고 믿는 순간, 내가 상상한 그 짧은 순간의 무엇은 나의 뒤이은 미래가 되기도 한다. 나는 실로 내가 가진 그것이 마력의 일종이라고 믿어 의심치 않는다. 물론 그것이 내 인생에 있어 퍽 부정적 영향을 끼치기는 하지만.

문제는 나의 사고 회로가 매우 부정적이라는 점이다. 주유소를 보면 가스 폭발을 걱정하고 바다를 보면 조만간 덮쳐올 해일을 걱정하는 식의 사람이 이런 마력을 가지고 있다는 건 끔찍한 일이다. 다행히 그런 일까지 일어날 만큼 내 마력이 강한 것 같진 않지만……. 어쨌든 분명한 건 희는 이제 내 곁에 없다는 것이다. 나는 그렇게 생각을 정리한 후에야 자리에서 일어나 물 한 컵을 따라 마셨다. 시원한 물을 마시고 싶었지만 미지근했고 나는 그것이 미지근할 것임을 이미 알고 있었다. 새삼 그것이 참 이상하다고 생각했다. 분명 손쓸 수 있는 일임에도 나는 응당 그 미지근함을 받아들였으니까.

○ ○ ○

최소 단위의 데이터 크롤링 아르바이트를 하고 있다. 한 IT 중소기업의 공고를 보고 지원해 시작하게 된 아르바이트인데, 첫 단추를 잘 끼워 지금까지도 의뢰가 들어온다. 집 밖으로 나가는 것을 극도로 꺼리는 터라 대학 졸업 이후 제대로 된 직장을 다녀본 적도 별로 없다. 막연히 도서관에서 태깅 업무를 하는 내 모습을 상상해본 적은 있었다. 요즘은 태깅 업무도 알바를 쓴다던데. 그런 일 정도는 괜찮지 않을까. 대화를 나눌 필요도, 딱히 어떤 생각을 할 필요도 없는 일이니까.

미미 이모는 나에게 도대체 왜 그러느냐고 했다. 나는 내가 왜 그런지 설명하고 싶었지만, 설명할수록 나를 멍청하게 볼 것 같아서 설명하기를 그만두었다. 이모, 있지, 나는 마법을 부릴 줄 알아. 사람들이 나를 떠나게 하는 마법 말이야. 그러면 이모는 나를 절대로 떠나지 않을 거라고 맹세하겠지. 그리고 곧 떠날 것이다. 왜냐하면 내가 이모를 잃을 거라고 막연히 상상해버렸기 때문에.

그런 상상은 곧잘 뻗어나간다. 어디론가, 맥락 없이, 저 멀리. 이제 나는 나름의 훈련을 거듭하여 나를 불안케 하는 상상의 나래가 어느 정도 펼쳐지면 그것을 인지할 수 있게 되었다. 인지하고 나면 나는 잠시 짧은 호흡을 세 번 내뱉은 뒤 중얼거린다.

"또 왔군, 엄죽상."

내가 부르는 내 상상 나래의 이름이다.

처음 혼자 씻게 된 나의 어린 날, 엄마는 싫다는 내 등을 억지로 떠밀어 욕실에 들여보냈다. 발가락도 구석구석 씻어야 해. 검사할 거야. 엄마는 문을 사이에 두고 그렇게 말했는데, 그 말투가 몹시 단호했다. 나는 물을 틀고 온수가 나올 때까지 잠시 기다렸다가 천천히 머리부터 적시기 시작했는데 처음에는 기분이 나쁘지 않았다. 그런데 양손으로 비누를 문질러 거품을 내고 겨드랑이에 문지를 즈음 온몸이 서늘해졌다. 처음 느껴보는 감각이었다. 문득 엄마가 죽는 상상을 했다. 엄마가 죽으면? 죽어버리면 어떡하지?

그게 시작이었다. 소중한 누군가가 나를 떠날 것만 같고, 그런 생각을 하는 순간 내가 그런 생각을 했다는 사실 때문에 그 상상이 실현될 것만 같다고 여겨지는 무한 굴레 같은 것. 물론 당시 나는 물에 온통 젖은 채로 화장실 밖으로 뛰쳐나가 엄마의 바짓가랑이를 붙잡았지만. 언젠가 그렇게 하지 못하게 되는 상상을 자꾸 한다. 그리고 어느 즈음인가에는 실제로 내가 일컫는 그 엄죽상 따위가 실현되었다고 느끼기도 했다.

미미 이모는 늘 때맞춰 온다. 가게를 닫는 시간이 9시 30분이고, 집에 도착할 무렵이면 9시 45분이 된다. 역시나. 시간이 되자 도어록 비밀번호를 누르는 소리가 들린다. 문이 찰칵 열리는 소리가 반갑게 느껴지는데, 그건 내가 직접 열지 않아도 그런 소리를 들을 수 있다는 사실이 새삼 감사하게 여겨지기 때문이다.

"비가 와. 우산? 아니면 우비?"

"우비."

"수상해 보일 텐데."

"난 그런 게 좋아."

시큰둥하게 대답하는 나를 보며 미미 이모가 웃었다. 여느 때처럼 몇 가지 찬을 작은 밀폐 용기에 가지런히 담아 온 이모는 나에게 밥 좀 먹으라며 잔소리를 했다.

"네네, 잘 알겠습니다."

내가 건성으로 대답하자 미미 이모는 꿀밤 먹이는 시늉을 했다. 나는 신발장 구석에 박아둔 헤드 랜턴

나의 체험학습

두 개를 꺼내 이모의 머리에 하나를 씌워주었다.

고맙습니다, 같이 가, 혹은 그러지 마. 우리 사이 금지된 말에 대해 생각했다. 둘 중 하나가 그 말을 내뱉는 순간 나는 이별에 대해 생각하고 만다. 그러면 정신을 차리지 못하게 되고 그 순간 마력이 솟구쳐 그 말은 우리를 이별의 순간으로 데려간다. 나는 몇 번이나 그런 식의 헤어짐을 겪었고 이제는 진절머리가 날 지경이다.

"갈까?"

"가자."

우리는 금지된 말을 하지 않고도 제법 자유롭게 대화할 줄 안다. 나는 앞서가는 이모의 등을 바라보며 가만 걸었다. 바깥은 비가 많이 내리고 있었다. 비 맞는 걸 별로 즐기지 않는 사람이지만 그럼에도 발걸음을 돌리지 않은 이유는 앞에서 이모가 먼저 씩씩하게 빗속으로 걸어 들어가고 있었기에. 어쩔 수 없음에 대해 어쩔 수 없이 생각하며 이모를 따라잡기 위해 부지런히 걸었다.

○ ○ ○

그곳에 가려면 아주 가파른 비탈길을 지나야 하고, 비가 내린 비탈길은 너무 가파른 나머지 운동화가 찍찍 미끄러지기 십상이다. 그래서 나와 이모는 쫑쫑 걸었다. 앞꿈치에 힘을 주고 걸음 폭을 좁히며 쫑쫑쫑. 나는 계속 이모의 뒤를 따라 걸었는데 이모가 걷는 폼이 웃겨서 소리 내어 웃었다. 그런데 이모는 빗소리가 워낙 거세 듣지 못했다. 같이 웃으면 좋을 텐데. 나는 주로 함께 있는 자리에서 혼자만 웃는 사람이었으니 그게 못내 아쉬웠다.

양민승은 널브러져 있는 우리에게 파라솔을 갖다주었다. 그리고 슈퍼에서 얼음물 두 개를 사 와 얼굴에 대어주었다. 정신이 번쩍 드는 느낌이었고 그건 희도 마찬가지였던 것 같다. 우리는 양은그릇에 담긴 그 지독하고 맑은 액체를 잠시간 바라보았고 우리가 무슨 짓을 했던 건지 헤아리는 데 시간이 퍽 오래 걸렸다.

자기를 양민승이라고 소개한 양민승은 바다의 얕은 쪽을 가리키며 저기 있는 애들이 자신의 '무리'라고 했다.

"같이 놀래?"

그렇게 말한 뒤 양민승은 먼저 등을 보이고 걸어갔다. 그 등을 보며 희가 뭐라고 말했던가.

"존나 수작 부린다, 그치?"

희는 그렇게 말했다. 그렇게 말하고 무릎에 묻은 모래를 털어내면서 천천히 일어났다. 비틀거리며. 그렇게 양민승이 있는 바다를 향해, 내게 등을 보이며 걸어갔다. 나는 희가 조금 이상하다고 여겨졌다. 어제 밤새도록 우리는 많은 대화를 나눴는데, 우리가 나눈 대화 속에 존나 수작 부린다, 그치? 같은 말 따위는 전혀 끼어들 틈이 없다고 생각했다. 머리가 조금 이상해졌구나. 소주가 이렇게 무섭구나. 그런 생각을 희의 번들거리는 등을 보며 했다.

희와 양민승 생각을 하다보니 비탈길 따위는 가뿐하게 올랐다. 막상 올라오니 가벼운 마음이 되었다. 그래서 오늘은 이모를 채근하지 말아야지, 다짐했다. 미미 이모는 미미식당을 운영해서 미미 이모다. 미미식당에서는 병어조림을 판다. 봄에는 도다리쑥국도.

사이드 메뉴로는 도토리묵무침도 있다. 노란 간판의 미미식당에서는 소주도 팔고 맥주도 복분자도 팔지만 절대로 제로콜라는 갖다놓지 않는다.

비탈길을 지나 한참 걸어온 나와 이모는 드디어 그곳에 다다랐다. 우리가 만난 곳. 아무도 올 것 같지 않지만, 그곳의 문은 언제나 열려 있다. 나는 그것이 일종의 환대처럼 여겨졌고 이모도 그렇게 느낀 것 같다. 그랬으니 우리가 바로 여기에서 만났겠지. 이모를 만나기 전까지는 나 말고 누가 야밤에 이곳에 드나들 것이라는 생각을 단 한 번도 해본 적이 없다.

"오늘 물고기자리 모임에 갔어."

"그게 뭔데."

"그냥 비슷한 사람들끼리 노는 모임."

"어차피 어울리지도 못할 거면서 그런 데는 왜 자꾸 가?"

"어울리고 싶단 말이야."

"답답하다. 어땠는데?"

"상상했어."

"이번엔 뭘?"

"얼굴에 주먹을 꽂는 상상."

"그런 건 원래 다 하는 거야."

"진짜로 일어나면 어떡해."

이모는 혀를 한 번 차더니 이제는 대답도 하지 않았다. 지겨울 만도 하지. 저번에는 러닝 모임에서 물통 수납이 가능한 슬림핏 러닝 벨트를 반복적으로 자랑하는 사람의 귀를 뜯어버리는 상상을 해버리고는 그 자리를 박차고 나왔다. 참 이상한 일이지. 내가 내 머리를 어쩔 수 없다는 건 기이하고 기이하기에 슬프기도 하다. 이모가 대충 닫힌 문을 슬쩍 열자 그 문은 아주 쉽게 열렸다. 머리를 숙여 들어가려던 이모가 갑자기 우뚝 서서 내게 물었다.

"솔직히 조금 즐기지 않아?"

"뭐를?"

"그런 상상 말이야."

"그렇긴 해. 머릿속에서 얼굴에 주먹을 꽂으면 얼굴이 움푹 들어가거든. 명치를 때리면 맞은 사람이 한 일 미터쯤은 날아가는 것 같아. 아무래도 애니를 많이 봐서 그런 것 같은데. 피가 죽 눌어붙은 이를 퉤퉤 뱉

어낸 사람도 있었어."

의도치 않게 명랑해진 내 말투에 이모는 입술을 오므리며 인중을 길게 늘였다. 그러더니 등을 돌려 머리를 숙인 다음 문안으로 쑥 들어가버렸다. 그리고 손을 내밀었다.

"비가 오니 조심조심. 그러면 문제없음."

이모가 그렇게 말해서 나는 맥이 풀려버렸고 어쩐지 안심이 되어 그 손을 잡을 수 있었다. 이다음에 대해 생각하지 않는 일은 중요하니까.

ㅇ ㅇ ㅇ

영유아를 위한 숲 체험장이라고 쓰여 있지만 우리는 미미와 수이의 숲 체험장이라고 읽는다. 밤에 체험장을 드나들 영유아는 없을 텐데 이곳은 늘 열려 있다. 입구를 지나면 바로 오른쪽에 아이들이 그림을 그릴 수 있게 다져놓은 자그만 땅이 나온다. 주위는 작은 말뚝을 둘러놓았다. 나는 잡고 있던 미미 이모의 손을 놓고 그 땅 위로 올라갔다. 밟아보니 부드러웠고 내일 비가 그친다면 그림을 그리기 몹시 적당할 것 같다고 생각했다. 떨어진 나뭇가지를 주워 대충 수염이 세 가닥 난 고양이를 그렸는데 미미 이모가 그것도 몰라주고 그냥 밟아버렸다.

"너무해."

"자기만 나뭇가지가 없어서 우는 애도 있겠지?"

"두 개 들고서는 안 주려는 애도 있을걸."

"뭘 그렸는지 모르겠는데 자꾸 맞춰보라고 해서 난감한 선생님도."

"날아드는 러브버그가 무섭긴 한데 괜찮은 척하려다가 소리 질러버린 땋은 머리도."

우리는 그렇게 몇 번을 더 주고받다 시시해질 즈음 말뚝 밖으로 나왔다. 밤에 올 사람이 없을 거라고 생각했는지 이곳에 가로등은 거의 없다. 우리는 헤드 랜턴에 의지해 늘 봤던 나무들을 또 유심히 둘러보며 안쪽으로 걸어 들어갔다. 그곳에는 늘 봐서 익숙하지만 새삼 볼 때마다 이곳과 어울리지 않아 서운한 정글짐이 있었다.

밧줄로 이어진 정글짐은 웅장했고 숲 한가운데에

놓여 있어 어떤 의미심장한 설치물처럼 읽히기도 했다. 분명한 건 영유아용 정글짐은 아니라는 것이었다. 다 놀고 손 씻으라고 수돗가도 설치되어 있는데 성인 허리께까지 오는 높이에 수전이 있었다. 도대체 누가 여기서 이렇게 거대한 정글짐을 탄다고.

그건 바로 미미 이모. 어느 야심한 시각, 이곳에서 정글짐을 타던 미미 이모를 처음 봤다. 나는 음산한 분위기에 플래시를 켜고 조금 벌벌 떨며 천천히 걷고 있었다. 그런데 정글짐 안에서 뭔가 움직여서 진짜 걸음아 나 살려라 도망갈 뻔했다. 용기 내어 정글짐을 비추니 정글짐 안에는 이모가 있었고 이모는 이어폰을 낀 채 눈을 잔뜩 찌푸린 채로 나를 바라보았다. 먼저 졸아버린 내가 말했다.

"열려 있어서 들어왔어요."

"저돈데요."

"괜찮겠죠?"

"그렇겠죠. 문이 열라고 있는 건데."

"닫으라고도 있는 거긴 한데……."

미미 이모는 내 걱정 어린 중얼거림에 대답도 하지

않고 밧줄을 하나씩 붙잡으며 내려왔다. 이모가 느슨한 밧줄을 지르밟자 팽팽해졌다. 그렇게 차근차근 내려온 이모는 내 앞으로 가까이 다가왔고 나는 걸어오는 이모의 얼굴을 대번에 알아봤다.

"저기 사거리 골목 식당 사장님 아니에요? 저 포장 많이 하는데."

그러자 이모 얼굴이 환해졌다. 나중에 말하길, 이모는 사장님 소리 듣는 걸 좋아한다고 했다. 가게 하면서 제일 좋은 게 남들이 사장님, 사장님 불러주는 거라고. 제일 듣기 싫은 게 이모인데, 이유는 조카도 없는데 이모 소리 듣는 기분이 퍽이나 이상해서.

비에 푹 젖은 티셔츠가 이제 좀 버겁다고 느낄 무렵, 이모는 정글짐 뒤로 이어진 나무 계단을 올랐다. 그 위에는 정자가 있었는데 아마 평상에 좀 누워 있으려는 모양이었다. 그게 바로 이모의 루틴이었으니까. 이모를 따라 계단을 올라가니 이모는 이미 신발도 벗지 않고 누워 있었다. 젖은 몸으로.

"불쾌하지 않아?"

"전혀. 여기 누우면 좋아."

"뭐가 좋아?"

"뭉개는 기분이지."

"그럴 만도 하지."

나는 무릎을 굽히고 손가락으로 평상 바닥을 똑똑 두드리며 말했다. 이 아래에는 이모의 신체 일부가 묻혀 있다. 그것을 묻고 나서 며칠 뒤부터 정자를 설치하는 작업이 시작되었다. 우리는 그렇게 될 줄 까맣게 몰랐다. 그것도 모르고 늘 하던 것처럼 그것에게 인사하러 왔다. 그러다 공사 중이라는 노란색 안내판을 보게 되었을 때, 나는 분명 누군가 우리를 지켜보고 있다고 생각했다.

○ ○ ○

비치발리볼을 하는 희를 생각한다. 아니 생각한다기보다 느낀다는 것에 가깝다. 나는 어느새 희가 되어 희처럼 두 손을 모으고 엄지를 가지런히 모아 팔을 뻗고 공을 쳐낸다. 그러면 양민승과 그의 무리는 제법이라며 웃는다. 나는 그걸 보고 또 금세 희와 분리되어 희가 되고 싶은 나로 남아 희의 젖은 머리칼을 물끄러미 바라본다. 나는 희에게 다가간다. 빨리 물속에서 나가자, 여기서 나가서 나랑 같이 집에 가자고 속삭인다. 그러자 희가 말한다.

"샘나?"

미미 이모가 새침한 말투로 희를 따라 한다. 그 정도는 아니었어. 내가 퉁명스럽게 쏘아붙이자 이모가 호방하게 웃는다. 희에 대한 기억은 이렇게 들쑥날쑥하다. 희는 나에게 모나게 굴 때도 있었지만 대체적으로 좋은 친구였으며 유일한 친구이기도 했다. 잠깐 가출했을 때는 희의 집에서 며칠 동안 지낸 적도 있었다. 희는 내게 자신이 가진 비밀을 꽤나 많이 털어놓았다. 나는 누군가가 나에게 비밀을 털어놓는 그 상황 자체가 생소했으며 즐거웠다. 희는 내게 조금만 꾸미면 예쁠 거라고 화장을 해주기도 했는데, 그렇게 화장을 하고 보니 우리는 정말 쌍둥이처럼 닮아 있었다.

좀처럼 일어날 줄 모르는 이모를 따라 하는 수 없이 정자 귀퉁이에 앉았다. 역시나 축축한 팬티가 엉덩이에 달라붙어 몹시 불쾌했다. 그래도 조금 참기로 했다. 나는 이모의 수양조카니까. 수양조카라고 칭한 것은 이모가 먼저이다. 내가 미미식당의 미미가 혹시 그 미미美味이냐고 묻자 그렇다고 했고 「요리왕 비룡」을 보았냐고 했더니 맞다고 했다. 조카가 보던 「요리왕 비룡」을 따라 보다가 조카가 뭐만 먹었다 하면 자꾸 미미! 미미! 외치길래 언젠가 식당을 차리면 꼭 미미식당으로 차리겠다고 아주 오래전에 마음을 먹었다고. 그런데 조카는 이제 없다고 했다. 왜 없느냐고 물었더니 이모는 시큰둥하게 그냥 없다고 했다. 자꾸 마음에 시달릴 필요가 없다면서. 나는 그때가 생각나서 어쩐지 이모가 조금 얄미웠다. 그래서 여전히 누워 있는 이모를 향해 핀잔을 주었다.

"이모는 뭐든지 건성건성."

"음식도 그래야 맛있어."

"나는 좀 다른데."

"너는 뭐든지 쪼잔쪼잔."

"왜 그렇게 말해?"

"네가 먼저 말했잖아."

"그러고 싶어서 그러는 게 아니잖아. 자꾸 생각나고

마음이 쓰이고 옛날로 돌아가서 내가 했던 말을 다 되돌리고 싶은데 어떡해."

"희는 어떤데?"

"뭐가 어때?"

"지금 이 순간까지 희는 너에 대해 조금이라도 생각을 하느냔 말이야."

"그럴 수도."

"미워할까?"

"그럴 것 같아."

"죽이고 싶어 할까?"

"그런 말은 됐어."

"수이야, 나는 나를 죽이고 싶어 해. 하지만 언제나 나를 죽이지는 못하지. 그게 나를 가장 괴롭게 하고."

이모는 몸을 일으켜 나를 바라보았다. 헤드 랜턴에서 나오는 불빛 때문에 이모의 얼굴이 잘 보이지 않았다. 여전히 비는 내렸지만 아까보다는 많이 그친 것 같았다. 이모는 정자에서 내려와 바닥에 납작 엎드렸다. 이모의 이마에 달린 헤드 랜턴이 정자 밑바닥을 비췄다. 나도 이모를 따라 바닥에 엎드렸다. 그러자 이모가 고개를 움직여가며 위치를 가늠했다.

"저기인 것 같아."

"확실해?"

"아마도."

"썩지 않았겠지."

"약품처리는 진작 했지만 썩어도 괜찮지."

주도면밀하네. 속으로 생각했다. 이모가 정글짐을 타던 날 밤, 이모는 사실 자기 손가락을 묻으러 왔다고 고백했다. 아끼는 손가락이라고. 나는 그게 무슨 말인지 몰라 에에…… 이상한 소리를 내며 눈치를 보고 있었는데 이모는 군더더기 없이 자기 일에 대해 고백했고 나도 그날 덩달아 희와 양민승과 있었던 일에 대해 털어놓고야 말았다. 그게 바로 그 기억에 대한 나의 첫 고백. 생각했던 것만큼 시원하지도 않았지만 그렇다고 불편하지도 않았다.

o o o

우리는 함께 까맣고 딱딱한 엄지를 묻었다. 평상이

있는 바로 그곳에. 평평한 흙을 모종삽으로 이리저리 파내던 나와 이모는 수상한 비닐봉지를 발견하기도 했다. 검은 비닐봉지였는데 잔뜩 엉겨붙어 있었다. 이를 본 고모는 주변에 분명히 다른 무언가가 있을 거라며 삽을 내려놓고 손으로 살살 흙을 파내기 시작했다. 그러더니 다 쓴 채로 잔뜩 비틀어진 오공본드 한 개와 똑같이 엉겨붙은 비닐봉지 몇 장을 더 찾아내었다.

"이게 뭐게?"

"본드."

"누가 불었던 거야."

"본드를? 설마."

"진짜. 모양 보니까 되게 오래된 것 같은데."

"미친 거 아냐?"

"왜. 그럴 수도 있지."

"이모도 불어봤어?"

그렇게 묻자 이모는 나를 빤히 바라보았다. 그리고 어깨를 으쓱하더니 나를 난데없이 수양조카라고 칭하겠노라 했다. 그리고 엄지를 묻기로 결심한 건 바로 며칠 전이라며 그간 나름대로 이런저런 고민이 많았다고 털어놓았다. 이모는 그로부터 바로 몇 달 전 조림에 넣을 무의 껍질을 깎다가 칼에 손가락을 베였다고 했다. 꽤 깊게 베였는지 좀처럼 상처가 아물지를 않았다고. 알아서 낫겠거니 내버려두다가 살점이 거뭇해지고 악취가 풍기기 시작하기에 병원에 갔더니 의사는 세균 감염으로 인해 조직이 괴사하고 있다며 당장 큰 병원으로 갈 수 있게 소견서를 작성해주었다.

대학병원의 의사는 빠르게 입원 절차를 밟은 뒤 절단 수술을 진행하겠다고 했다. 그때 이모는 자신이 엄지를 영영 쓸 수 없게 된다는 사실보다 다신 엄지를 볼 수 없을지도 모른다는 것이 더 공포스러웠다. 그래서 의사에게 물었다.

"엄지는 돌려주시나요?"

병원 측은 몹시 난감해했고 기능을 상실한 신체 일부는 오염물이자 폐기물로 봐야 한다며 반환 요청에 응하려 들지 않았다. 그러자 이모는 수술 자체를 거부했고 결국 간단한 응급 처치만 한 채 집으로 돌아와야만 했다. 여기까지 말한 이모는 나보고 자신의 엄지를 위해 기도해달라며 양손을 모은 뒤 눈을 꼭 감았다. 뒷이야기가 너무 궁금했지만 어쩔 수 없이 눈을 감고 시커먼 그 엄지를 위해 기도했다. 그런데 뭐라고 해야 할지 몰라서 마음속으로 머뭇거렸다. 잘 지내세요, 아니, 그곳에서는 평안해라…… 맞나?

기도를 마친 이모는 엄지가 묻힌 땅 부근을 손바닥으로 꾹꾹 눌러주었다. 단단해지라고 그러나보다. 이모의 관자놀이에 땀이 흐르고 있었다. 정성스레 자신의 엄지를 묻는 이 사람이 어쩐지 믿음직스러웠다. 이모는 아까 흙을 팔 때 나왔던 비닐봉지와 본드를 대충 가방에 쑤셔 넣었다. 그러면서 나에게 오래된 유물을 발견한 기분이 든다고 했다. 나는 그런 이모를 가만 바라보다 물었다.

"왜 여기예요?"

"응?"

"집 앞도 아니고, 산도 아니고, 왜 여기에 묻었느냐고요."

"여기는 행정 부지거든. 남의 땅에 함부로 내 몸을 묻을 순 없지."

이모는 그렇게 말했다. 자기 앞으로 된 땅도 집도 아무것도 없는데 냄새나는 엄지를 모시고 살 수는 없으니 맨날 올 수 있는 행정 부지에 묻는 거라고. 행정 부지는 나라 것이니 나라 것은 어느 정도 내 것이 아니겠냐고.

"근데 이거 진짜 비밀이다."

"암요."

"일이 커지기 시작하면 어떻게 될지 모르는 법이니까."

"암요."

"암요만 할래?"

그때는 그랬지만 지금 이모의 헤드 랜턴이 비춘 곳은 정말 아무것도 없는 밑바닥, 그뿐이었다. 나는 거기에 무엇이 묻혀 있는지 알고 있다는 사실에 조금의 자부심이 생겼다. 나와 이모는 무언가를 함께 알고 있고 그건 우리 말고는 잘 알지 못하는 것이다. 괜스레 우리 관계에 대한 용기가 샘솟은 나머지 여태껏 아껴왔던 질문을 하고야 말았다.

"도대체 달려 있던 엄지를 어떻게 한 거예요?"

나의 체험학습

"알고 싶지 않을걸."

"알고 싶은데."

"병원에 나와서 제일 먼저 한 일이 당근으로 작두를 거래한 거야."

"으."

이모는 휴대폰을 꺼내더니 당근에 들어가 거래 내역을 보여주었다. 이만 원에 파는 재단용 작두였고 '성능이 살벌하니 조심해서 사용하세용~^^'이라고 쓰여 있었다. 오거리눈물여왕님은 이 작두가 어떻게 쓰였는지 평생 모르기를 바란다. 이모는 이제 엄지를 봤으니 됐다고 가자고 했다.

"실은 보지도 못했으면서."

내가 중얼거리자 이모는 어쩔 수 없는 거라고 했다. 그건 맞는 말이다. 정자가 들어선 것도 체험장이니까 사람들이 쉴 공간을 마련하기 위해서는 어쩔 수 없는 일이지. 작은 물통이나 가방 따위를 멘 어린이들이 햇빛을 피해 이곳에 옹기종기 앉아 있는 모습을 상상했다. 그 바닥에 묻힌 이모의 새까만 손가락까지도. 그러니 기분이 좀 나아졌다. 흐흐.

○ ○ ○

힘겹게 올라왔던 비탈을 다시 내려올 즈음에는 비가 완전히 그쳤다. 하지만 길은 여전히 미끄러워서 아까보다 훨씬 더 조심조심 걸어야 했다. 내리막길이니까 더욱 그랬다. 오르막길이 이윽고 내리막길로 뒤바뀌는, 이 지극히 자연스러운 때는 나를 언제나 지치게 하지. 오르막이 있으면, 내리막도 있는 법. 내리막이 있으면, 오르막도……. 그럼 길은 도대체 언제 끝나냐고요. 아까까지는 멀어졌는데, 지금은 갑자기 생생한 희의 목소리가 다시 들리는 것 같다.

"샘나?"

발리볼을 하는 희를 두고 모래사장을 향해 걸어갔다. 등을 지고 걸어가는데 웃음소리가 끊이질 않았다. 멀어져가는 내 등을 보고도 저렇게 웃을 수 있다니. 나는 모래가 잔뜩 묻은 발을 샌들에 구겨 넣고 그들이 부르더라도 절대 뒤를 돌아보지 않겠다 맹세하면서 결연하게 걸어갔는데 정말 누구도 나를 찾지 않았다. 그렇게 한 번도 돌아보지 않고 찾아온 곳은 바로 희의 할머니댁이었다. 애초에 희는 방학을 맞아 할머니댁에 오기로 했고 심심할까봐 나를 데려온 것뿐이었다. 정말 그뿐이었나.

"혼자 왔니?"

마당과 마루를 잇는 계단에 쪼그리고 앉아 담배를 피우던 희의 할머니가 물었다. 고개를 끄덕이자 할머니는 피우던 담배를 재떨이에 비벼 끄고는 부엌에 가서 가스불을 켰다. 그리고 밥통에 있는 밥을 푸더니 개다리소반에다가 상을 차리기 시작했다. 고춧가루를 넣은 빨간 콩나물국, 몇 가지 나물 반찬과 고봉밥. 그걸 보고 나서야 속이 쓰렸다.

할머니는 희와 닮았다. 연한 갈색 눈동자에 콧대가 높고 입술이 두껍다. 이마도 봉긋하니 넓다. 사실은 할머니가 희를 낳은 건 아닐까? 그런 생각이 들 만큼 닮았다. 할머니는 친절하게도 상을 거실까지 가져다주었다. 자리에 앉아 첫술로 뜨거운 콩나물국을 떠먹는다. 속에서 묵직하고 깊은 무언가가 쑥 내려가는 느낌이 든다.

"은희는 어디 있니?"

"아직 놀고 있어요."

"누구랑?"

"누구를 좀 만났어요."

"여기 사람?"

"아닌 것 같은데요."

할머니는 거듭 여러 가지 질문을 던졌지만 나는 원하는 대답을 해주지 않았다. 그러면서 나는 어떤 우위를 점한 기분이 들었다. 할머니가 희를 아는 것과 내가 희를 아는 것이 다른 만큼, 할머니는 당신은 모르지만 나는 아는 희의 생활에 대해 알고 싶어 한다는 느낌을 강하게 받았다.

"할머니, 아까 저랑 은희랑 동네 슈퍼에서 소주 세 병을 훔쳤거든요. 그거 물어주셔야 해요. 저는 돈이 없어요. 제가 돈 없는 건 은희가 알아요."

나를 바라보는 할머니의 갈색 눈동자는 흔들림이 없었다. 노한 것도 아니었고 슬픈 것도 아니었다. 이를테면 올 게 왔다는 식의 차분한 태도랄까. 예상과는 다른 할머니의 태도가 나의 신경을 긁었다.

"지금 어떤 남자랑 있는데요, 오늘 늦게 들어올지

나의 체험학습

도 모른대요. 걔는 그게 자랑이에요."

 내가 이모에게 여기까지 말했을 때, 이모는 그게 정말이냐고 물었다. 네가 지어낸 이야기가 아니고 진짜 희가 그랬느냐고. 이모가 그렇게 물어봐서 나는 정말 마음이 아팠다. 왜냐하면 희가 정말 그런 애였는지 아니었는지 전혀 기억나지 않았기 때문이었다. 걔가 그런 애이건 그렇지 않은 애이건 그건 나에게 정말 중요하지 않은 문제였고 당시의 내가 그 애에게 다만 화가 나 있었다는 사실이, 나를 몹시 괴롭게 했다.

○ ○ ○

 이모와 나는 무사히 비탈길을 내려와 집에 도착했고, 도착하자마자 젖은 엉덩이를 어디에 붙일 데가 없어 조금 난감했다. 결국 이모가 바닥에 털썩 주저앉아 올려다보며 말했다.

 "먼저 씻어."

 나는 고개를 끄덕이곤 화장실에 들어갔다. 옷을 하나씩 벗는데 갑자기 이모가 나를 떠날 것 같은 기분이

들었다. 몸속 어딘가가 가려운데 가려운 부분이 정확히 어딘지도 모르겠고 피부 안의 어디인 것만 같아 몹시 답답했다.

펼쳐진 내 상상 나래 속 이모는 다름 아닌 내가 소주를 훔친 그 섬 속 유일한 슈퍼의 주인이다. 누가 봐도 어울리지 않는 짙은 화장을 한 여자애 두 명이 자꾸 가게 안을 의미 없이 돈다. 살 것도 아니면서 식용유 몇 개를 들었다 놨다 하고, 겨우 집는 거라고는 껌 한 통이다. 한 명이 껌 하나를 계산하는 사이, 다른 한 명은 바깥에 설치된 음료 가판대를 기웃거리고 있다. 이모는 그 여자애를 예의주시하며 서둘러 계산하고는 바깥으로 나온다. 가져온 가방이 불룩하다. 열어봐도 되겠느냐고 묻는다. 그러자 노려보던 여자애 둘이 줄행랑을 친다.

"더러운 년들."

이모가 나를 바라보며 중얼거린다. 나를 바라보는 그 눈이 너무 단호하다. 너무 단호한 나머지 견딜 수 없어진다. 올 게 왔다고 생각할 수도 없는 상황이 되어버리자 모든 것이 공포스럽다. 결국 뛰쳐나간다. 어린 시절 엄마에게 했던 그대로 홀딱 벗고 달려가 이모의 발밑에 무릎을 꿇는다. 놀란 이모가 얼른 몸을 일으키지만 나는 제발 그러지 말아달라고 부탁한다. 결국 이모는 내 옆에 누워 물기가 묻은 머리를, 팔뚝을, 등을 어루만져준다.

"무서웠어?"

"응."

"너를 어떡하면 좋냐."

"그러게, 이모."

"응?"

"이모는 엄지를 왜 아껴?"

"이상한 말이네. 내 거니까."

우리는 동시에 푸흐흐, 이상한 웃음을 흘렸다. 맞는 말이었다.

"내 손가락인데 내가 아껴야지, 그럼."

그러더니 이모는 잠시 말이 없었다.

"이모."

"응."

"거짓말한 게 있어."

"뭔데?"

"양민승이 희를 업고 돌아왔다고 했잖아. 사실 희는 혼자 돌아왔어. 나는 아직까지도 희를 더러운 년으로 만들고 싶어 해. 나는 안중에도 없던 더러운 년 말이야."

할머니는 혼자 돌아온 희의 뺨을 아주 강하게 내리쳤다. 그리고 걸레 같은 짓 할 바에야 뭍으로 돌아가 다신 올 생각도 하지 말라고 했다. 화가 난 희는 바로 그 자리에서 집을 나갔고 할머니도 어디론가 사라졌다. 희도 없고 희의 할머니도 없는 고요한 집에서 나는 차곡차곡 돌아갈 짐을 쌌다. 방학이 끝나고도 희는 돌아오지 않았다. 그즈음 엄마도 취업을 했다며 집을 떠났다. 꼬박꼬박 돈은 부쳐왔지만 절대로 나를 보러 오진 않았다. 그때부터 나는 벌을 받게 되었다고 생각했다. 왜냐하면 나는 사실 희와 양민승에게 등을 보이고 모래사장을 향해 걸어나가는 순간 희가 어딘가 잘못되기를 바랐기 때문이었다. 그리고 실제로 그렇게 되었으니까. 나로 말미암아.

"수이야, 내가 너를 떠나면 말이야."

"그런 말을 왜 해."

"날 미워할 거야?"

"존나."

"지금 이 말을 한 순간부터 내가 미워지지?"

"응."

"그건 저주야."

이모는 차분하게 내 등을 쓰다듬으며 말했다. 마력이 아닌 저주라. 그럴 수도 있겠다. 하지만 저주는 또 어떻게 푼담. 저주는 또 누가 걸었담. 이런저런 고민을 하는 사이 이모가 한숨을 쉬며 다시 말했다.

"사실 내가 마법을 부릴 수 있거든."

"무슨 마법?"

"마음이 넉넉해지는 마법이랄까. 그래서 미미식당이 잘됐던 거야. 조금 맛이 별로여도 그럭저럭 기분 좋게 나갈 수 있게 만들었거든. 지금은 파리만 날리잖아."

"지금은 못 부려?"

벌떡 일어나 앉은 이모는 왼손을 들어 내 얼굴 앞에 바짝 갖다 대었다.

"나는 사실 엄지로 마법을 쏘거든."

"그걸 왜 이제 말해? 연필처럼 쥐고 쏠 수는 없는 거야?"

"안 해봤는데."

"오른손은?"

"해봤는데 어쩐지 잘 안 되더라."

"이모!"

나를 한참 바라보던 이모는 별수 없다는 듯 고개를 젓고는 자리에서 일어나 화장실에 가 문을 닫았다. 그리고 큰 소리로 내게 내일 밤에 다시 한번 올라가 엄지를 찾아보자고 했다. 이윽고 물소리가 들렸다. 같이 씻고 싶었는데. 그건 조금 느끼하지. 어쨌든, 마음이 넉넉해지는 마법이라니……. 나는 내가 발가벗은 것도 까먹은 채로 가슴에 손을 얹고 천장을 바라본 채 한동안 넋이 나가 있었다. 정말 뭐든지 해결될 것만 같은 기분에 사로잡혔는데, 넉넉한 마음만 있다면 나를 떠난 사람들이 모조리 되돌아올 거라는 생각이 들었기 때문이다.

○ ○ ○

 가장 최근에 나를 떠난 사람은 양민승이다. 그 애를 다시 만난 건 몇 년 전이고 SNS에 주은희와 양민승을 검색하다가 알게 되었다. 주은희는 아무리 찾아봐도 없었지만 양민승은 있었다. 피드를 둘러보다 모르고 좋아요를 눌렀는데 양민승이 먼저 메시지를 보냈다. '너 주은희 친구 맞지ㅋㅋㅋㅋ 뭐야 존나 반갑네?' 잠시 망설이다가 나도 답장을 보냈다. '오ㅋㅋㅋㅋ 오랜만이다ㅋㅋㅋ 반갑네 진짜ㅋㅋ' 그렇게 하루 정도 메시지가 오간 후에 우리는 만날 약속을 잡았다.

 양민승은 자꾸 희를 '걔'라고 했다. 어떤 사업을 함께했다고 하면서도 그 사업이 무엇인지는 구체적으로 말해주지 않았다. 하지만 희에 대해 말하는 뉘앙스는 다분히 부정적이었다. 걔가 발을 빼서, 그렇게 되는 바람에, 걔가 세금을 안 내서……. 요지는 희 때문에 함께 벌이던 일이 어그러졌다는 것이었다. 그렇게 얘기하면서도 그 일이 무엇인지, 구체적으로 어떤 게 어그러진 것인지에 대한 이야기는 해주지 않았다. 어쨌든 나는 양민승이 희에 대한 이야기를 할 때면 늘 집중했고 나아가서는 더 자세히 듣고 싶어 했다.

사실 나는 희에게 허를 찔린 걸지도 모른다. 희는 하필이면 날카로운 핀셋을 가지고 있었고 하필이면 또 기민해서 그것으로 건드리지 말아야 할, 아주 작고 미세한 나의 어딘가를 찔러버렸다. 나는 그로 인해 내 안의 무언가가 가동되었다고 느낀다. 내가 그걸 마력이라고 부르는 이유는 그것이 분명히 통제되지 않는 외부의 힘이라고 느껴지기 때문이다. 하지만 이모는 무척이나 간단하다는 듯이 그것을 일종의 저주라 칭했다.

홀로 비탈을 천천히 걸었다. 오늘은 비가 오지 않아 걷는 게 수월했다. 9시 55분까지 미미 이모와 숲 체험장 앞에서 만나기로 했다. 오늘은 오가는 사람들이 꽤 있을 것 같아 헤드 랜턴 대신 손전등을 챙겼다. 바로 몇 분 전까지 강아지 동결건조 간식에 대한 데이터 크롤링 작업을 하다 왔는데 부정적인 리뷰에 설사 이미지가 하도 많아서 속이 좋지 않았다. 다양한 제품에 나타난 리뷰 키워드를 추출하다보면 쓰는 말이 비슷해서 어떤 군집의 경향 같은 것이 도드라진다고 느껴질 때가 있다. 그러면 나는 나의 경향에 대해 곰곰 생각해보게 된다. 저 멀리 체험장 앞에 우두커니 서 있는 이모가 보였다. 이모가 내게 천천히 손짓했다.

"수이야."

"응?"

"잠겼어."

나 또한 이모와 거리를 두고 우뚝 섰다. 이모는 보란 듯이 잠긴 문을 여러 번 흔들었다. 커다란 철제 대문이 떨리며 요란한 소리를 냈다. 나는 문 앞으로 가서 대문을 이리저리 만져보았다. 발 디딜 곳을 찾아보고 바닥에 비집고 들어갈 틈이 있나 둘러보았다. 내가 한참을 그러고 있는 동안 이모는 아무 말도 하지 않았다. 그러더니 슬그머니 내 앞으로 다가왔다.

"그만해."

"이모, 그치만……."

"안 되는 거 알잖아."

"나 좀 고쳐줘."

"대부분의 사람들이 내가 그래주길 원했어."

"미안해."

"이해가 안 가. 우리는 닥쳐온 문제에 늘 어쩔 줄 몰라하기만 해."

이모는 작은 목소리로 중얼거렸다. 나는 이모의 말을 이해할 수 있었다. 사람들은 종종 누군가를 잃지만 잃을 준비는 늘 되어 있지 않은 상태이니까. 양민승이 나중에서야 희가 아주 먼 나라로 떠났다고 토로했을 때 나는 그제야 내가 희를 잃었다고 생각했다. 우리는 함께 더러운 년이라고 불렸고 그래도 나름대로 어린 삶을 즐겼으며 나는 그게 좋았다. 그렇게 사는 게 싫고 좋았다.

나와 이모는 체험장 입구 바닥에 털썩 주저앉았다. 가로등 밑에 빨간 불이 번쩍번쩍했다. CCTV였다. 그새 단 건지 원래부터 있었던 건지 알 수 없었다. 양민승이 내게 마지막으로 보낸 문자 내용: 개 토 나오니까 연락하지 마. 이쯤 되면 내가 꽤나 질리는 사람인 건 알겠는데 토 나올 정도인지는 잘 모르겠다. 연락도 잘 하지 않는 엄마와 이제는 연락도 할 수 없는 희 이후에도 친구는 종종 있었지만 좀처럼 가까워지지는 못했다.

"이모."

"응?"

"나는 곁에 두기 싫은 사람이야?"

"글쎄."

"솔직히."

"수이야, 저기 묻힌 엄지에는 상처 하나가 있어."

"무슨 상처?"

"지애랑 같이 영덕 가다가 사고 난 날 생긴 상처."

"조카?"

"응. 난 내가 그걸 평생 보면서 살아야 한다고 생각했거든. 묻어놓으니 편하다. 근데 그게 날 더 힘들게 하기도 해."

이모는 그렇게 말하고 자리에서 일어나더니 문을 몇 번 흔들어보다가 문틈에 발을 걸치고 담을 넘기 시작했다. 나는 이모를 말릴 생각도 못 하고 바라만 보고 있었다. 순식간에 담을 넘은 이모는 내게 넘으라는 식의 턱짓을 했다. 그리고 어둠 속으로 사라져버렸다. 나는 이모가 했던 대로 한 발을 껴 넣고 힘을 주어 올랐다. 가랑이가 철제 문살에 쓸려 아팠지만 일단 이모를 따라가고 싶었다. 그래서 반대편으로 몸을 날려 넘어졌고 흙바닥에 그대로 곤두박질쳤다.

크게 넘어져 제법 소리가 났는데도 이모는 나타나지 않았다. 불퉁해진 나는 바지를 대충 털고 손전등을 켠 채 이모를 찾아나섰다. 손전등을 비추는 곳곳마다 수풀의 어딘가 또는 나무와 나무 사이의 빈 공간이었고 그것이 쓸쓸하게 느껴졌다. 나는 언제나 관계라는 것이 명명백백해야 한다고 생각했는데 어쩌면 그러한 점이 나를 질리는 사람으로 만들었을지도 모르겠다. 사람이나 돌고래나 개나 언제든 누군가를 떠날 수 있으며 그것을 받아들이는 게 사실 우리에게 주어진 일일지도.

이모는 서운한 정글짐의 꼭대기에 올라가 있었다. 손전등으로 이모를 비추자 이모가 나에게 얼른 이리로 오라고 했다. 나는 손전등을 바지 뒤춤에 넣고 천천히 밧줄을 당겨 잡았다. 밧줄이 팽팽해졌다. 나는 이 정글짐만큼이나 나의 만듦새를 알지 못한다. 문득 그런 생각이 들었다. 만듦새를 알지 못함에도 오른다는 것은 이모와 같이 저 높은 곳에 함께 앉아 있고 싶은 마음이 있기 때문이다. 어떤 곳을 같이 바라보고 싶다. 나는 늘 그런 욕심을 가졌지만 욕심만큼 해내지를 못했고 그것에 괴로워만 했다.

"이모, 아마도 이모에게는 아직까지 마력이 존재하는 것 같아."

"그래? 조금 넉넉해졌니?"

"그런 것 같기도."

서운한 정글짐 꼭대기에 올라 이모 옆에 앉았다. 밧줄에 걸터앉는 게 퍽 불편하게 여겨지긴 했으나 그런대로 괜찮았다. 지대가 높은 곳이라 그런지 탁 트인 경관이 보기에 좋았다. 저 멀리 제법 규모가 큰 못이 있었다. 나는 그 못을 가리키며 잘 보면 오리배도 옹기종기 모여 있다며 이모에게 호들갑을 떨었다. 그러자 이모는 여태껏 한 번도 가보지 않은 거냐며 오히려 나를 타박했고 얼마 전 저 정주못에서 꽤나 유명한 사람이 시신으로 발견된 적도 있다고 일렀다. 정말로? 나는 오롯이 평온해 보이는 그 못을 바라보며 처참한 시신을 멋대로 상상하고야 말았다.

"어떤 사람이었는데?"

"아주 부자."

"그런데 왜 죽은 거야?"

"그건 우리가 알 수 없지."

"맞네."

미미 이모의 어깨에 얼굴을 기댔다. 그랬더니 얼마 전 죽었다던 사람에 대한 궁금증은 금방 사라져버렸다. 나는 넉넉한 마음에 대해 생각했다. 넉넉하다, 넉넉하다, 그런 생각을 했더니 정말 넉넉한 사람이 된 기분이었다. 아주 넉넉한 사람이 되어 언젠가는 이모의 자랑이 되어야지. 아니면 언젠가 다시 당근 모임에 나가 나의 자랑으로 넉넉한 사람이라는 것을 뽐낼 수 있다면 좋겠다. 그런 생각을 하며 이모에게는 별다른 말을 하지 않고 손으로 약속 모양을 만들어 건넸는데, 이모는 별다른 말 없이 자신의 새끼손가락을 걸어주고 엄지를 찍어주었다. 한 마디가 없는 쪽의 엄지였는데 그때 나는 분명 이모의 엄지가 내 엄지에 닿았다고 느꼈다. 그건 분명했으니 우리 간의 약속은 확실한 성립.

나의 체험학습

Entanglement

얽힘 코멘터리

전지영 코멘터리
「나쁜 가슴」에 대하여

예소연의 질문

예소연(이하 예)〉 처음 산후조리원에 대해 이야기를 하신다고 했을 때 무척 재미있을 거라고 직관적으로 생각했습니다. 실제로 읽었을 때는 재미도 물론이었지만, 시종일관 무겁고 불편한 마음을 떨쳐내지 못했습니다. '애는 엄마의 희생을 먹고 자란다'는 김태선의 말을 부정하고 싶으면서도 사회 전반의 태도나 구조, 주 양육자에 대한 시선과 편견 같은 것들이 결국 '엄마의 희생'이 불가피하도록 선행되고 있다는 생각이 들기 때문이었습니다. 그래서인지 화자인 김유진이 자신의 딸인 지유로 하여금 '스스로' 몸을 씻도록 내버려두게 되기까지 작가님이 가장 염두에 두셨던 화자의 심리가 궁금합니다.

전지영(이하 전)〉 지금의 김유진은 모유 수유가 양육에서 아주 작은 부분이라는 걸 깨달았을 겁니다. 사실 처음 아이를 낳으면 모유 수유가 전부 같거든요. 그런 착각은 김유진의 탓이 아닙니다. 산후조리원이나 맘카페 같은 커뮤니티의 지배적인 분위기 때문이죠.

모성과 희생을 당연시하는 분위기 속에서 여성이 자기 몸에 대한 주체성을 지키기는 몹시 어려울 수밖에 없습니다. 저는 자기 몸을 지키는 데에도 일종의 연습이 필요하다고 생각해요. 싫다는 의사를 정확하게 표현하는, 내 몸에 대한 권리와 책임은 나에게 있다고 주장하는 연습이요. 김유진도 그렇게 생각했을 겁니다. 특히 지유처럼 자폐스펙트럼을 가진 아이에게는 더 많은 연습이 필요할 거라고요.

예〉 한 번도 생각한 적 없는 관점으로 나의 몸을 바라볼 때, 심지어 그게 타인의 시선으로부터 비롯된 것일 때 알 수 없는 배신감이 불쑥 솟아납니다. 어떨 때는 그 배신감이 스스로를 향해 고개를 불쑥 들어올리고 마는데요, 소설을 읽는 내내 저 또한 느낀 적 있었던 제 자신의 부

적절한 몸에 대한 수치심을 돌이켜볼 수 있었습니다. 이 소설의 제목이기도 한 '나쁜 가슴'에 대해 구체적인 이야기를 더 듣고 싶어요.

전〉 가슴이 나쁘다는 말은 그 자체로 기괴한 구석이 있습니다. 가슴은 그저 신체 일부분일 뿐이잖아요. 그런데도 나쁜 가슴이라는 말이 낯설지 않은 건 그간 여성의 가슴이 다양한 방식으로 수모를 겪어왔기 때문이라고 생각합니다. 출산 전에는 크기와 생김새로, 출산 이후에는 오직 기능으로 평가받으면서요. 소설에서 김태선도 오직 모유 수유를 기준으로 가슴을 평가하지요. 김태선은 마치 모유 수유의 성공이 아이의 미래를 결정하는 중요한 열쇠라도 되는 것처럼 분위기를 조성해요. 그런 환경에서 수유를 제대로 못 하는 여성은 죄책감과 함께 엄마로서 실패했다는 기분에 사로잡히기 쉽습니다. 저는 나쁜 가슴이 그 자체로서가 아니라, 실패의 감각과 연결된다는 점에서 문제를 발생시킨다고 생각합니다. 여성이 자신의 실패와 아이의 실패를 연결 짓기 시작하면, 스스로를 독립적 존재로 인지하지 못하게 되거든요. 자녀 교육에 몰두하는 문화 역시 어떤 측면에서는 모유 수유를 신

성시하는 문화의 연장선상에 놓인 문제 같아요.

예〉 저는 이 소설이 어떤 시작을 향해 치닫는 이야기라고 생각했습니다. 소설의 말미에서야 지유의 삶에 대해 이야기를 시작할 수 있을 것만 같고, 그래서 끝까지 가슴을 쓸어내리게 되는 이야기였어요. 작가님 소설 속에서 느껴지는 특유의 긴장감이 매력적입니다. 그런 의미에서 작가님이 어떻게 서스펜스를 소설 속에서 적절히 활용하시는지 알고 싶습니다.

전〉 글을 쓰는 사람은 저마다 내면에 특정한 리듬을 가지고 있는 것 같아요. 저한테는 서스펜스가 가장 잘 맞는 리듬입니다. 글에 긴장감을 실을 때 가장 편안하다고 느끼곤 하거든요. 소설을 쓰면서 제가 긴장과 불안이 높은 사람이라는 걸 처음 깨달았어요. 소설에 고스란히 드러나더군요. 저도 몰랐던 제 모습을 발견할 때 소설 쓰기가 더 즐겁고 소중해져요.

한정현의 질문

한정현(이하 한)〉 사실 태어나서 지금까지 여성으로서 가슴으로부터 자유로운 적이 없었던 거 같아요. 항상 지적받거나 소비의 대상이 되어서 커도 문제, 안 커도 문제처럼 되어왔던 게 여성의 가슴인데요, 이게 출산 이후까지 이어질 거라는 상상은 해본 적이 없는 거 같아요. 아무래도 가슴이 여성성으로만 취급되어서일까요? 출산 이후의 여성의 가슴은 대체 뭘까요?

전〉 모유 수유는 여성의 가슴으로만 가능한 일이잖아요. 육아에서 남자가 대신할 수 없는 거의 유일한 일인 셈이고요. 타인이 대체할 수 없다는 사실이 모유 수유를 지나치게 신격화하는 동시에 양육의 책임마저 여성에게 오롯이 전가한다는 생각을 지울 수 없습니다. 임신, 출산, 육아를 여성 고유의 일로 고착시키는 시작점이 바로 모유 수유라고요.

출산 전까지 가슴이 여성성의 기준이었다면, 수유 과정에서는 철저히 기능으로 평가받습니다. 그 변화는 급작스럽게 일어나요. 누구든 그 변화에 자연스럽게 적응하기 어렵습니다. 모유 수유가 끝나면 우울함을 겪는 여성이 많다고 들었는데, 어쩌면 여성성을 상실했다는 기분 때문인지도 모르겠습니다. 변해버린 가슴 모양처럼 엄마 이전에 여성이었던 자신으로 돌아갈 수 없다는 좌절감이 클 수밖에 없거든요.

한〉 원장 캐릭터가 기괴하잖아요. 그런데도 산모들은 그를 신도처럼 따르고요. 어찌 보면 맘카페의 어떤 분위기가 느껴지기도 하는데요, 맘카페든 산후조리원이든 저는 여성이 어떤 의미에선 고립되는 느낌입니다. 왜 이렇게 한국 사회에서 출산한 여성은 고립될 수밖에 없는 걸까요.

전〉 여러 가지 이유가 존재할 테지만, '좋은 엄마'가 되고 싶은 마음과 불편함에 역치가 낮은 사회의 분위기가 결합한 결과가 아닌가 싶습니다. 아이를 키울 때 죄송하다는 말을 많이 해야 하는 사회에서 좋은 엄마가 되려면 필요 이상의 경각심과 죄책감을 느껴야 합니다. 아이로 인해 문제가 발생하면 사회적으로 더 지탄받는 쪽은 여전히 여성일 때가 많고요. 그러다보니 같은 처지의 출산 여성들끼리 결속이 강해지는 경향이 있다고 봅니다.

출산 여성이 커뮤니티에서 안전함을 느낄수록 사회에서는 더욱 고립되는 결과를 초래하게 되고요.

한〉 작가님이 이 소설 속 주인공의 절친이라고 한다면 어떤 말을 들려주고 싶으세요?

전〉 끝내 너와 네 딸이 이름을 지킬 수 있기를.

한정현 코멘터리
「가짜 여자친구」에 대하여

예소연의 질문

 예소연(이하 예)〉 윤리라고 하면 대개 고정되고 정직한 무언가를 흔히 상상하게 되는 것 같습니다. 하지만 모두가 알다시피 개인의 삶은 복잡하고 다층적인 데다가 역사 속에서 무수한 상황을 마주하며 시시껄렁한 선택을 이어가게 되죠. 고정된 존재가 아님으로써 겪는 개인의 적극적인 변화는 정말이지 아름답기에, 고모의 삶을 보는 내내 순수하게 기뻤습니다. 작가님은 어린 화자와 고모의 관계를 통해 대답하기 정말 어려운 동시에 칠판 위에서 아주 흔히 봤던 '윤리란 무엇인가'와 같은 의제의 어떤 부분을 짚어내고 싶으셨나요?

 한정현(이하 한)〉 솔직히…… 윤리가 무엇인지 모르겠

거든요.(웃음) 예를 들면 도덕 같은 건 교과서에서 알려주잖아요. 도덕규범 같은 건 뭔가 매너나 예의의 범위에서 취급되기도 하고 법률적인 범위에서 알려주기도 하고요. 그런데 윤리는 정말 너무나 개인적이고 시대에 따라 달라지기도 하고 개인사에 따라 달라지기도 합니다. 가령 '나는 절대 그렇게 안 살 거야, 저 사람 왜 저러는 거야?'라던 것도 살다보면 어느새 제가 그 상황에 놓이게 되고 또 그렇게 살아가게 되기도 하거든요. 작가님 말대로 그런 점에서 참 '시시껄렁한' 것이 삶이고 그런 삶에서 '윤리란 무엇인가'를 묻고 싶기도 했어요. 작품 내에서 보면 윤리가 무엇인지 가르치는, 그 댄디한 척하는 철학 선생이 사실 애들 가슴 만지고 다니는 성추행범이기도 하고 애들을 쥐 잡듯 패는 선생의 행동은 사실 애들 왕따시키고 본드 부는 일진들의 소통 방식이기도 하거든요. 고모도 마찬가지죠. 학생운동을 하면서 미국 물러가라고 하면서도 미제 청바지와 미국 영화를 너무 좋아하고요.(웃음) 일단 저는 그런 사람들이 좋습니다. 그러니까 윤리란 무엇인가 늘 고민하지만 사실 윤리고 뭐고……(웃음)

예〉 작가님의 소설에는 무언가에 골몰하는 여자들이 나옵니다. 그게 참 좋아요. 의지를 잃지 않고 최선을 다해 무언가를 행하는 여자들의 모습을 보는 게요. 특히 이번에 고모라는 인물을 만드시면서는 어떤 마음가짐을 가지셨는지 궁금합니다.

한〉 고모는 사실 저랑 비슷한 인물인데 마음에 정의도 있고 정의가 뭔지도 알지만 개인의 즐거움이나 삶도 사실은 포기를 못 하거든요. 그리고 사실 그 정의의 바탕엔 허세도 있죠. '내가 이렇게 해야 멋져 보이겠지?' 이런 것들이요. 그런데 결국엔 그 허세를 포기하고 자기가 마음이 끌리고 편안한 걸 선택해요. 그리고 거기에서 또 새로운 길을 찾아보려는 사람이기도 합니다. 가령 학생운동을 하면서도 당시 학생운동이 지양하던 여성성 같은 것에 거리를 두려고 하지만 아름다운 여배우를 좋아하거나 다이어트에 관심 갖죠. 그런데 거기서 또 자기가 할 수 있는 일을 찾아보려고 해요. 그래서 여성의 몸과 그걸 팔아야 하는 여성들을 연구하기에 이르는 인물이고요. 언젠가는 변할지 모르겠지만 현재의 저를 기준으로 고모가 저와 비슷한 인물이라는 가정이라면…… 항상 그렇지만 어찌 되었든 '살아보려는 여성'에 대한 이야기를 하고 싶었어요. 자기가 가지고 있는 것, 받아들일 수밖에 없는 상황에 대해 부정하지 않고 정면 돌파하면서 살아내려는 의지 같은 거요. 뭐, 이런 것이랄까요. 인생이 즐거워서가 아니라 사실은 폭망했고 폭망은 했는데 세상은 계속되고, 그래서 그 멸망 이후의 삶을 살아보려는 움직임 같은 마음가짐이었던 것 같아요.

예〉 익살맞은 추리소설을 보는 것 같기도 했습니다. 성은이 수상쩍은 고모의 행적을 유추해가는 내용이 보는 내내 즐거웠어요. 되게 바쁜 것 같은데 뭘 하는지는 잘 모르겠는 어른의 이야기를 청소년 화자를 통해 풀어낸 이유가 특히 있는지 알고 싶어요.

한〉 솔직히 지금 제가 저를 봐도 그렇거든요. 맨날 바빠요. 근데 밤에 누우면 '아니 근데 나는 왜 바빠?' 이런 기분이에요. 아무래도 공부하고 글 쓰시는 분들 대부분 이런 생각하실 거 같은데요.(웃음) 그렇다고 해서 뭐가 딱 나오는 것도 아니고 결과물도 마감 직전에나 겨우 뽑아내잖아요.(웃음) 그런데 맨날 뭘 하긴 또 해요. 그리고 해야 하고요. 글 쓰러 나갈 때나 산책하러 나갈 때 짐도 한 가득 챙겨가지고 부지런히 걸어가거든요, 남들이 보면 꼭 가야 하는 곳에 늦은 사람처럼요. 하하. 그런데 생각해보면 어릴 때 제 고모가 대학을 휴학하던 시절이 있었는데 그때 초등학생이던 저는 항상 고모를 보면서 그런 생각을 했어요. 고모는…… 대체 왜 바빠? 직업 있는 사람들보다 더 바빠 보였거든요. 그래서 실제로 고모가 뭘 하는지 추적해본 적도 있었고요. 끝내 고모가 뭘 했는지는 아직도 모르겠는데 그때 나름 혼자 심각해지기도 했다가 고모를 연민하기도 했던 기억이 있어요. 그래서 그때의 저를 통해 지금의 저를 보고 싶은 기분으로 청소년 화자를 등장시킨 것 같아요.

전지영의 질문

전지영(이하 전)〉 여성의 몸은 생애주기마다 각기 다른 방식으로 소비되는 게 아닐까 생각했습니다. 제 소설에서도 다루고 있기 때문에 깊이 공감했어요. 스치듯 가슴을 치고 가는 철학 선생의 모습에서 제 학창 시절이 떠오르기도 했고요. 자기 몸을 침범당했다고 당당하게 발화하기 힘들다는 점에서는 비슷한 면이 있는 것 같습니다. 작가님이 생각하시기에, 여성이 자신의 몸을 주체적으로 지킬 수 있는 방법은 무엇일까요.

한〉 생각해봤는데 이런 세상에서…… 없습니다. 슬프네요. 제가 요즘 개인사로 반쯤 일본에 살잖아요. 일본은 정말이지 몰래카메라 범죄가 '너무너무너무' 심각하더라고요. 남자들 몰카 때문에 인생네컷 비슷한 게 사라질 정도로요. 그래서 저희 시를 담당하는 경찰 트위터에서도 어느 어느 지역에서 어떤 인상착의의, 몇 살의 남자가 몰카를 찍는 거 같았다라고 실시간으로 알려주는데요. 그럼에도 참 막을 방법이 없어 보이더라고요. 한국도 마찬가지죠, 진짜……. 아주 어린 시절부터 지금까지 여성의 몸은 전시되거나 터치되거나 이런 것에 너무 쉽게 노출

되고 또 그렇다고 해서 그걸 말하면 쉬쉬하게끔 유도되고요. 그런데 정말 아무리 생각해도 어떻게 지켜내야 할지 모르겠다는 생각입니다. 낙담하고 싶진 않지만 너무 요원해 보여서, 그래서 이렇게 소설까지 쓰게 된 게 아닐까 싶고요.

전〉 청소년기는 금기와 싸우는 시기인가봅니다. 그 나이에 금기인 것들이요. 청소년 관람 불가 영화라든지, 술이라든지. 금기라서 대단하게 여겨지기도 하고요. 막상 성인이 되면 시시해지곤 하지요. 작가님에게도 그런 것들이 있을까요?

한〉 저는 사실 어릴 때부터 관심사가 엄청나게 명확하던 애라서 제 관심사 외엔 관심이 하나도 없었어요. 그리고 제가 사실 좋아하는 게 별로 없어요. 그래서 더 매일 좋아하는 걸 찾아보려고 노력하는 편이에요. 제가 겉으로 보면 밝고 명랑한 스타일이라서 이런 이야기를 하면 다들 놀라시는데…… 저 스스로는 살려고 노력하는 것……이었달까요. 아, 그래서인지 성인이 되면서 시시해지는 것보다 반대로 성인이 되어서야 '와, 대단하다'

싶은 건 있는 거 같아요. 보통의 삶을 성실히 살아가면서 거기서 행복을 충분히 느끼는 사람들이요. 허허.

전〉 성은은 고모를 보며 성장하는데, 저는 고모 역시 성장 중이었다고 생각합니다. 고모도 아직 이십 대 초반일 뿐이니까요. 좋아하는 것과 옳다고 여기는 것 사이에서 고민하다가 점점 옳다고 여기는 것을 향해 나아가는 수연 고모가 인상적이었습니다. 작가님의 이십 대는 어떠했는지 궁금합니다. 내면에 어떤 가치관들이 서로 싸웠는지요.

한〉 제 이십 대는 뉴질랜드에서의 유학과…… 거기서 영주권까지 따서 정착하려던 저와…… 본의 아니게 한국으로 돌아와서 주요 방송국에서 일하면서 돈을 많이 벌었던 제가 있는데요. (제가 바로 대학원 가고 그런 사람은 아니었답니다. 하하.) 사실 지금의 한국과 그때의 한국은 사뭇 달랐던 것 같아요. 저는 지금 한국 사람들이 아주 긍정적인 방향으로 굉장히 많이 달라졌다고 느껴요. 지금은 한국의 복지나 사회시스템도 그렇고 한국 사람도 그렇고 너무 긍정적으로 변화해서 오히려 일본에서 살고 싶지 않다라고 강력히 느끼는데요. 그때만 해도 저는 한국에 살기 어렵겠다고 느낄 정도였어요. 특히 뉴질랜드에서 한국으로 돌아와서 방송국에서 일하면서 더욱 그랬죠. 제가 일단 (같은 성별이라도) 제 몸을 터치하거나 공공장소에서 크게 이야기하는 걸 못 참는데 그런 게 좀 힘들었고요. 지금은 한국인들도 잘 안 그러는데 그때는 좀 그런 시기였죠. 그래서 그때는 한국을 떠나 다시 공부를 하러 외국에 가고 싶었어요. 근데 그 뒤에 몸에 병이 들고 대학원에 진학하면서 한국어로 글을 쓰는 사람이 되다 보니 이러지도 저러지도 못하게 되면서 날마다 제 안에서의 싸움이 시작되었죠. 어떤 가치들끼리의 충돌보다는 제 가치관과 당시의 한국 사회가 좀 맞지 않아서 그 사이의 충돌이 있던 시기였던 것 같아요.

전〉 성은은 디지털카메라 너머로 사람들을 보곤 합니다. 그 나이 때에는 관찰자의 위치가 가장 안전하기 마련이지요. 지금의 성은은 어떤 사람이 되어 있을까요?

한〉 성은도 제 고등학교 시절을 많이 가져왔는데요. 제가 그때 1등 하면 아빠한테 디지털카메라를 사달라고 해서 받아낸 적이 있거든요(전체 1등은 못 했고 문과 전교 1등을 했을 뿐이지만……). 그리고 그걸 가지고 다니면서 엄청나게 사진을 많이 찍었어요. 코닥이었는데 벽돌이어서 호신용으로 쓸 법한……. 심지어 학생주임 선생님 사진도 많이 찍었는데 다들 단속하긴커녕 그때는 선생님들마저도 수업 시간에 호응해주셨답니다.(웃음) 지금 생각하면 몰카가 아니어서 더 좋아해주셨나봐요. 아무튼 말씀하신 대로 저는 그렇게 거리감을 두고 뭘 보는 게 편하더라고요. 너무 가까우면 안 보이기도 하고, 너무 멀어지면 잊게 되기도 하고요. 근데 그렇게 렌즈가 있으면 생각해보게 되고 판단을 주저하게 돼서 좋더라고요. 성은은 지금의 한정현이 되었지만, 이걸 쓰고 있는 한정현과 다른 점이라면 한정현의 원래 삶의 목표대로 소설도 안 쓰고 평범한 회사원이 되어 하루하루 소소한 즐거움 속에 만족하는 삶을 살고 있다고 하네요.

예소연 코멘터리
「나의 체험학습」에 대하여

전지영의 질문

전지영(이하 전)〉 저도 어떤 말을 하면, 언젠가 상대와 멀어질 거라는 예감을 가지는 경험이 많습니다. 저에는 '언니'라는 단어가 그렇습니다. 상대를 그렇게 부르면 멀어지리라는 막연한 예감이 들어요. 「나의 체험학습」에서 수이는 "고맙습니다, 같이 가, 혹은 그러지 마" 같은 말을 금지합니다. 그 순간 이별에 대해 생각하고 말기 때문이지요. 작가님에게도 이별을 예감하게 하는 말이 있을까요?

예소연(이하 예)〉 솔직하게 말하자면 '우리'라는 단어가 그래요. 되게 다정한 말인데, 저에게는 막연한 불안감을 일으켜요. 자꾸 어떤 미래를 담지하게 되어서 그런 것 같습니다. 가장 가까이에 두고 싶은 단어인 동시에 저를 지속적으로 괴롭게 만들곤 해요.

전〉 수이의 마력이 불안감으로 읽히기도 했습니다. 저는 불안이 몹시 높은 사람인데, 예를 들면 비행기를 탈 때 추락의 순간을 생생하게 상상한다거나, 운전할 때 킥보드를 타는 아이와 부딪힐 것만 같은 상상을 자주 합니다. 저는 수이와 반대로 극단적으로 부정적인 미래를 상상할수록 그 일이 일어나지 않는다고 믿는 편이지만요.

저는 수이의 불안이 인간관계를 맺는 데에 존재한다고 읽었습니다. 그러나 수이는 사람과 관계 맺기를 갈망하지요. 일부러 동네 모임에 참가할 정도로요. 저는 수이가 이 양가적 감정을 극복하고자 자신의 불안에 '마력'이라는 이름을 붙이게 된 게 아닐까 생각해보았습니다. 저는 그런 수이의 마음을 무척 잘 이해합니다. 작가님께서는 관계의 단절 앞에서 불안감을 어떻게 다루는지 알고 싶어졌습니다.

예〉 오, 저도 정말 같은 부류라서 공감이 많이 되어요. 최근에 심리검사를 한 적이 있는데 '위험/질병에 대한 취약성 심리 도식'을 가진 것으로 나타났네요. 부끄럽지만요. 예전에는 제가 가진 불안이 불안인지도 몰랐어요. 이름을 붙이는 법도, 감각하는 법도 몰랐죠. 하지만 천천히 그것을 어떻게든 다뤄보려고 노력하게 되면서 지금은 기다리는 법을 알게 되었습니다. 어찌할 수 없는 상황 앞에서 기다리는 법. 그리고 상대에게 시간을 내어주는 법이요. 그리고 그 과정에서 포기하지 않는 법도요. 그러기까지 시간이 오래 걸렸어요. 지금도 아주 잘 해내고 있지는 않지만 예전보다는 많이 나아졌어요.

전〉 시간이 흘러도 기억에 남는 이별이 있는 것 같습니다. 앞으로의 삶에도 영향을 미치는 이별이요. 수이에게는 은희와의 이별이 그랬던 것 같습니다. 작가님에게도 그런 이별이 있었는지 궁금합니다.

예〉 늘 그래요. 어떤 식으로든 이별은 제게 큰 의미가 있는 것 같습니다. 앞선 이별을 발판 삼아 다른 방식의 관계를 맺게 되기도 하고요. 무엇보다 크게 곱씹어볼 어떤 기억이 생기는 것 같아요. 기억이라는 건 좋든 싫든 제게 오래 남아 있는 게 무엇보다 가장 크고 중요한 거라고 생각하는 편인데요, 그런 점에 있어서 이별에 대한 기억은 아주 중요한 기억이고 제 소중한 벗이나 다름없죠.

전〉 어린 시절 부모님이 죽을까봐 극도의 공포에 사로잡힌 때가 있었습니다. 그때 아버지에게 "아빠 죽으면 나는 못 살아. 같이 죽을 거야"라고 말했어요. 그러자 아버지가 "네가 우리 없어도 씩씩하게 살 수 있을 만큼 크면, 그때 죽을 테니 걱정 마"라고 답하셨어요. 아버지의 말이 제게 이상하게도 안도감을 주었던 기억이 납니다. 수이를 보면서 그 질문을 하던 시절의 제가 생각났어요. 저는 이별을 받아들이는 게 성장과 독립을 의미한다고 생각합니다. 작가님에게 이별을 준비한다는 건 어떤 의미인가요?

예〉 사랑하는 사람의 죽음은 준비되지 않은 채로 덜컥 마주하게 되는 경우도 있어서 조심스럽지만요, 그럼에도 이별을 준비할 수 있는 행운이 주어지게 된다면 숨이 멎는다는 공포를 함께 마주하고 오들오들 떨면서 '아주 괜찮지 않음' 혹은 '간혹가다 괜찮음'을 마음껏 드러내고 싶습니다.

전〉 수이가 언젠가 미미 이모와도 이별하겠죠?

예〉 대판 싸우고 서로 휙 돌아설지도 몰라요. 그건 아무도 모르는 일이죠. 흐흐.

한정현의 질문

한정현(이하 한)〉 어떤 마음과 생각에 대해 곱씹게 된 소설이었던 것 같아요. 어떤 마음이나 말을 실제로 내뱉을 때, 그것 때문에 과거의 일이나 관계가 이러하게, 저러하게 된 걸까? 저는 이런 생각들을 종종 하면서 지난 일들에 대해 생각하곤 하는데요, 솔직히 잠깐 사람을 만나고 돌아와도 '아, 그때 왜 그런 말을 내뱉었을까' 하곤 합니다. 혹시 작가님은 실제로는 전혀 그렇게 생각하지 않았지만 어떤 상황에 밀려서 의도하지 않은 말을 내뱉었다거나 어떤 생각을 하다가 그게 현실로 되어버린 적이 있을까요?

예〉 말해놓고 맨날 후회하는 게 제 일상이에요. 제 주특기인 것 같아요. 그래서 사람 만나는 게 괴로울 때도 많아요. 사실 별말도 하지 않았는데 후회가 더 큰 것 같아요. 그래도 말을 해보는 게 낫다고 늘 생각하는데도요. 관계라는 게 참 그래서 힘들어요. 그래서 제 소설 속에서는 오히려 더 나가서 말도 건네보고 뭐라도 해보는 사람들이 많은 것 같습니다. 제가 그러지 못해서요.

한〉 미미 이모의 캐릭터도 참 매력 있지만 저는 주인공 수이에게 약간 마음이 기울어요. 어찌 보면 외로운 사람인데 또 어찌 보면 우리가 대부분 수이처럼 살아가지 않나, 하는 생각이 드는데 그 이유가 그냥 어떤 것은 어쩔 수 없는 채로 받아들이는 면 때문인 것 같아요. 작가님은 미미 이모와 수이 캐릭터 중에 본인과 닮은 사람을 고르자면 어느 쪽일까요?

예〉 저는 미미 이모처럼 보이고 싶어 하는데 속은 완전히 수이 그 자체예요. 호방한 사람이고 싶은데 그게 잘 안 돼요. 제 이름도 소연이잖아요. 저는 제 이름이 그릇이 너무 작은 것 같아서 불만일 정도예요. 희고 고운 사람이라는 뜻이거든요. 저는 희지도 않은데. 그래도 밖에 나가면 어떻게든 미미 이모처럼 보이려고 노력하고 있어요.

한〉 이건 조금 뜬금없는 질문인데…… 미미 이모의 손가락은 잘 있을까요?

예〉 썩겠지만 그게 더 잘 있는 편이겠죠. 아마 그 손가락은 이제 평생 볼 수 없겠지만, 그 편이 모두에게 더 나을 것 같습니다. 마법 부리는 일도 피곤할 것 같아요. 이모도 은퇴할 때가 됐고요.

   저는 제가 마음으로 묻어놓은 것을 이따금 혼자서 바라보곤 합니다. 이 책에 실린 소설들이 꼭 묻어놓은 무엇들 같기도 하네요. 누군가에게 이 마음들이 닿기를 바랍니다.

기획의 말

'너와 나는 실재한다.' — 실재성realism

'너와 나는 멀어지면 독립적이다.' — 국소성localism

이 두 명제를 우리는 너무나 쉽게 당연한 사실로 받아들인다.

하지만 상상해보자.

이 두 명제를 만족하지 않는 어떤 현상이 우리 주변에서 벌어지고 있다고.

우리가 감각하는 것만이 전부가 아니며 그것을 초월하는 무언가가 있다고.

너와 나는 온 우주에 펼쳐진 시간과 공간을 거슬러 연결되어 있으며, 우리는 사실 그런 의미로만 존재하고 있을는지도 모른다고.

그런 초월적인 상관관계를 '얽힘entanglement'이라고 한다. 그리고 '얽힘'은 상상 속이 아니라 세상에 분명히 존재하고 있다. 이는 양자역학의 가장 중요한 성질이며 우주의 질서를 이루는 근간이다. 실재성과 국소성이 양자역학의 이론에 위배된다는 사실이 처음 예측되었을 때 아인슈타인이 받았던 큰 충격만큼, '얽힘'은 과학사에서도 유명한 논쟁거리이자 가장 위대한 발견이었다. 첫 발견 후 백 년 가까운 시간이 지난 지금, '얽힘'은 실험적으로 그 존재가 증명되었다. 또 이제는 양자컴퓨팅과 양자통신 등의 기술에 활용하는 자원이 되었고, 2022년에는 '얽힘' 증명에 대한 공로로 세 명의 물리학자에게 노벨물리학상이 수여되기도 했다.

물론 이런 과학적 사실을 알게 되었다고 눈앞의 세상이 달라지지는 않는다. 매일 계속되는 각자의 팍팍한 삶도 그대로이다. 하지만 한 가지 확실한 건, 지금 이

책을 읽고 있는 당신은 이미 '얽힘'에 얽혀 있다는 것.

그래서 당신은 아마 안도할지도 모른다는 것.

외딴섬이라고 생각했던 모두가 실은 우주 안에서 하나로 얽혀 있다는 사실에, 그리하여 어쩌면 나와 초월적으로 얽혀 있는 누군가가 어딘가에 반드시 존재한다는 상상으로.

이를테면 내가 하품을 할 때마다 그 사람도 동시에 하품을 하고 있다든지 말이다.

그걸 당신이 알아차릴 일은 영원히 없겠지만.

양자물리학자 X

우리 사이에 금지된 말들

초판 1쇄 발행 2025년 12월 22일

지은이 예소연 전지영 한정현
편집 김선영
디자인 김하늘
조판 한향림

펴낸곳 다람
펴낸이 박혜진
등록 2012년 6월 29일 제2012-000034호
주소 서울시 광진구 아차산로 378, 3층
전화 02-447-0879
팩스 02-6280-3748
이메일 darambooks@gmail.com
홈페이지 www.darambooks.com
인스타그램 @darambooks

ⓒ 예소연 전지영 한정현 2025
ISBN 979-11-93646-10-6 03810

* 이 책 내용의 전부 또는 일부를 이용하려면
  반드시 저작권자와 다람의 서면 동의를 받아야 합니다.
* 잘못된 책은 구입하신 서점에서 바꾸어드립니다.
* 책값은 뒤표지에 있습니다.